行詩와 自由詩가 만납니다

행시는 자유시와	Line poems with general poems
시대적으로 같아	It's exist together same times
와류와 휩쓸리며	Nowadays swept away by vortex
자리를 함께 해온	Every moments have sit together
유의미한 장르로	Probably it's a significant being
시와는 구별되나	Of course separated sector but
의기 투합하면서	Every time compete own words
만남의 공간에서	Make meeting space here now
남보란 듯 펼치네	Specially spread in the world

2020년 12월

한국행시문학회장 정 동 희

차례

◉ 고영도 / 삶의 흔적   006 - 035

◉ 고천운 / 사랑하는 사람을 위하여   036 - 060

◉ 김정한 / 새 삶의 반쪽   061 - 085

◉ 반종숙 / 삶의 뜨락   086 - 110

◉ 배기우 / 행시로 빚은 사계   111 - 135

⬤ 이경희 / 늦게 핀 꽃이 더 아름답다   136 - 160

⬤ 장영자 / 노을이 익어가는 황혼   161 - 185

⬤ 정동희 / 英語 行詩   186 - 205

⬤ 조용희 / 살며 사랑하며 배우며   206 - 230

⬤ 최명숙 / 대청호 연가   231 - 255

인생사

네 발로 시작하여
두 발로 살다가
세 발로 어렵게 찾아 가는 길
환생의 길 재생의 길

(2020.9.10 만유)

만유(萬唯) 고영도

국어국문학 전공 / 해동문학 시 부문 등단(2013)
한행문학 신인행시문학상 / 시인 등단(2018)
한국서화작가협회 회원 / 진묵서우회 회원
한국아파트관리조합 이사 / shalon 예술단 고문
2017 대한민국 주먹행시전 최우수상 수상

공저 : 행시 사랑 10인10색(행시집, 2018)

황금빛 인생

고희 稀壽 한참 지나
흠壽가 낼 모렌데
인생사 희노애락 겹치고 쌓이니
생생한 삶의 기쁨이여!

(2020.9.10 만유)

지구촌 운명

과학이던가 신앙이던가
거리 두기는 어느 영역이던가

현실의 냉혹함 실감했으니
재앙을 다스릴 방안은 무엇이던가

미세 먼지가 예고 했었지
래세의 지구촌 운명을

(2020.9.13 만유)

막걸리 사연

막가파 인생이 아니라도
걸출한 인물이 아니라도
리별의 설움이 아니라도

한스런 사연 많고 많아
잔 기울이는 이 시간에도 진실이

(2020.9.14 만유)

추분이 지나면

추억이 새로워 질 때쯤
분함 기쁨 슬픔 모든 것이
이제는 인생도 계절도 스쳐간 사분의 삼

지금은 이사 준비 심정으로
나의 과거현재 미래를 정리할 때
면죄부도 주고 받고 서로 용서할 때

(2020.9.25 만유)

금잔화

금따는 콩밭
잔잔한 고전의 향기
화려한 골드의 꿈이 있었죠

(2020.9.30 만유)

우리의 소원

남남 북녀 곰곰이 생각해 보니
성공의 비결 인지도

우리 세대 가고 난 다음
월등한 지도자 출현하리라

주님이 갈비뼈로 그대를 보내면서
의롭게 평화롭게 하나 되어 살 지니

(2020.9.30 내일은 한가위)

한가위

한산섬 밝은 달에
가등청정 소서행장 기가 꺾이고
위태롭던 풍신수길도 끝내 갔지요

(2020.9.30 만유)

윤회<시조>

봄 여름 가을 겨울
계절은 돌고 돌아

유소년 장년 노년
인생도 돌고 돌아

부처님 손바닥일세
창조주의 뜻 일세

(2020.10.22 만유)

사람 종교 신앙

1. 사람 : 세계 인구는 75억 2천만 명 (2020.9월 현재)
2. 세계 종교인 : 84%. 비종교인 16%
3. 종교 : 기독교 31.5% (21억 7천만 명)

   무슬림 23.2% (15억 9천만 명. 수니 87~90% 시아파10~13%)

   무종교 16.3% (11억 2천만 명)

   힌두교 15.0% (94%가 인도인)

   불교 7.1% (4억8천만 명. 대부분 중국.아시아인)

   민속교 5.9% (4억5백만 명)

   기타   1.0%
4. 한국의 종교인 43.9%

   (개신교19.7% 967만 명. 불교15.5% 761만 명.

   천주교7.9% 389만 명)

   비종교   56.1%
5. 2015년~2060년까지 세계 종교인구 32%증가

   무슬림 70%증가. 기독교34%증가 힌두교 27%증가

   (2060년 이후 무슬림이 세계 종교 인구1위 예상)

   (무슬림 여성 출산 2.9명. 비무슬림 2.2명 출산)
6. 기독교의 종파 수 : ?
7. 신앙심 : 인종 국가 사람에 따라 천차 만별

   (지향 : 천국 극락세계 수도 등)

꿈이 있는 삶

꿈이 있는 삶
희망이 있는 삶
삶의 의미가 있는 삶

육십 대를 지나고
칠 팔 구십 대가 되면

무슨 꿈을 꾸어야 하나
쌍 무지개도 희망인가

방법 중의 하나
천년 쯤 견딜만한 바위에 새겨 보자

- 영원한 단군의 자손 -

어느 통일이 되더라도
다시 분열이 이어지리니
그것은 역사

하지만
그래도 꿈은 꾸자
그 바위에 새기자, 통일이라고 !
그리고 후예들이 꿈을 이어 가도록 하자 !

(2020.10.5 만유)

가을 구름

어디로 가시나요 어디로 가시나요
느껴요 스러지는 세월이 느껴져요
덧없이 가을 구름은 흘러 흘러 가는데

(2020.10.8 만유)

반취 세상

半쯤 취하면
기분이 좋아요

醉하더라도
너무 취하지는 마세요

世上 돌아가는 이치
잊으면 안되니까요

上界의 신선 생활도
반취라 하네요

(2020.11.9 만유)

이 가을 호수에서

수면에 반사되는
반짝이는 햇살
수면에 자랑하는 키 큰 그림자

조용한 가을 바람에
물결은 솜털구름 인양 잔잔한데

천천히 걷는 이 바삐 걷는 이
그리고 뛰는 이
호수 한 바퀴 움직이는 사연들

보이는 것 마다 정겨운 것은
서른두 해 살던 곳 떠나는
남은 며칠

그리고 남은 세월
못내 그리워 할
사계의 호수 이기에

(2020.10.9 만유)

반납 그리고 수령

어느덧 내게는 소용이 없어진 그것
내 인생 일부의 반납
그리고 수령은 위로금 같이
어디든 갈 수 있는 배려심이야

공기 숨쉬고 물 마시듯
현대인 모두의 필수품 그것
어디를 가나 지니던 내 몸의 일부였지

그래
하나씩 순서대로 정리 하는 거야
맨 마지막엔
공기 마시는 것 반납 하겠지
조물주의 뜻에 따라

(2020.10.29 만유)

나의 수호신이여

나의 수호신이여

스마트 폰을 열면
유일한 한 장 사진 안치하였소이다
나의 수호신이여

사분의 삼 지나
나의 여정은 진행 중이라오
사분의 일로 마감한
나의 수호신이여

애절한 마음으로 바라보며
염원 한다오
오늘을 살피시면
간절한 마음이 그곳에 있소이다
황혼의 아름다운 꿈도 있소이다

한 살 세 살 다섯 살배기
삼 남매 두고
사분의 일만 살다 가신
수호신이여

그들이 이제
북풍한설 황량한 사막을 지나
사분의 삼에 있소이다
황혼의 아름다운 꿈을 안고 있소이다

서른두 해 살던 호숫가 떠나
남북으로 전후로
밤의 별빛 시원한
이곳에 있소이다

스마트 폰과 함께
그날까지 함께 동행할
나의 수호신이여

(2020.10.24 만유)

2020 가을의 회상

느티나무 작은 잎
낙엽으로 쌓이고 날리는
학교 앞 보행길

플라타나스 커다란 잎
밟히며 나뒹굴던
호수 한 바퀴 운동길

어느덧 추억으로 남은
그 길의 사연들

아직은 두발 이지만
네발로 시작한 인생실
그리고 밀려오는
머지 않은 세발의 시대

작은 잎 커다란 잎
낙엽의 사연처럼
그렇게 이어지는
삶의 연속 인생의 길이런가

(2020.10.30 만유)

11월 11일 11시 11분

딱따구리가 나무를 쪼는 사연
한 맺힌 세상살이
번민은 그들에게도 있었네

그런대로 한 세상 살아 지구려
리드미컬 변화도 마다 말아요
고공을 나는 백학 때가 되면 다시 오리니

(2020.11.11 만유)

가을이 오네

낙낙송 높은 가지 가을이 찾아 오네
화창한 지난 날들 엊그제 같건 마는
암투의 세상살이에 비나이다 평화를

(2020.10.8 박정걸 시인님의 '가을'에 댓글.만유)

입동 소설

입신 출세
세상에 나가기 위한 첫 걸음

동서 남북
많은 사람 위에 이름을 새우려면

소리 소문 없는 노력
이공이공 십이월 삼일 수능일

설 땅을 위해 뿌리 내리는 날
파란만장 삶의 시작, 이 초겨울에

(2020.11.6 萬唯)

민들레

고귀한 자태를 뽐낼 생각은
처음부터 없었지요
길가 잡초에 섞여
밟으면 피할 길 없이 낮은 곳에
민들레
그렇게 피었네요

부활의 집 묘역 한 곳에
'울지마 톤즈' 이태석 신부
그 묘비가 잡초 속에 피어있는
민들레처럼 서 있어요

'내사랑 그대에게 나의 사랑 드려요'
낮은 곳에 피어난 민들레 꽃말처럼
48년을 살다간 님
위대한 묘비가
조용히 서 있네요

(2017.4.9 만유)

동짓달 초하루 일산로 이야기

비 온 후 초겨울 날씨가 된다고
주중엔 영하의 날씨가 될 거라고
겨울을 알리는 비가 내리더니

할로윈데이 생소한 신조어 메스컴이 알리고
축제에 코로나 걱정 된다는 어제 하루

열 번째 해 기념행사에 기념품에
'시대상을 바로 보고 과감한 글로 사명감을'
수련, 아호도 고은이의 당찬 등단의 말부터
멀리 울산의 문우님 삼삼 동기님
훌륭한 이력의 모든 이들

글이 좋아 글과 함께하는
마음이 맑은 이들 표정이 밝은 이들
오는 해 우리의 카렌다엔
동짓달 긴긴밤의 사연
그리운 님의 사연이 있기도 하지만
특별한 만찬으로 의미 깊었던 하루

겨울을 재촉하는 빗소리의 이른 아침
비에 젖은 일산로에 반사하는
가로등 불빛 질주하는 라이트

여생을 위해 찾아온 이곳 삼 주째
백석로 일산로 교차하는 곳에서
거리를 내려다 보며
喜壽를 바라보는 이 나이에
쌓이고 쌓인 추억을 새기며 새기며
언젠가 실려나갈 그 날 까지

이 거리 불빛
남으로 병원 높은 건물
북으로 호수로 만나는 곳 까지 이어진
이 길을 날마다 날마다 바라보겠지 그날까지

(2020. 11. 1 만유)

사자굴의 회상 / 형과 아우

나는 6학년 아우는 3학년
운동회 때는 함께 응원단도 했었지

중학생이 되자
밖에서 놀다가 집에 오면
신발을 방에 숨기고 공부를 하더니

고2년 10월
자신의 실력평가 라며 검정고시에 응시 하더니 합격
고3이 되던 이듬해
재차 자신의 실력평가 라며
1968년 당시 서울공대 화공과에 응시 합격
고3년 과정 중 가장 중요한 3학년을 건너 뛰고도 서울대 합격

인척 집에 얹혀 살며 아르바이트
간신히 1학기 마치고 휴학 군입대
부족한 공부를 위해 휴학 입대 한다고

육군 포병대 대공포 파견분대
그곳이면 책을 좀 볼 수 있으니
부대장께 편지 좀 보내 달라고

얼굴도 모르고 인사도 없던 부대장께 편지
그 편의로 파견 기지에서 공부하며 복무를 마치고

고학생처럼 어렵사리 학업을 마친 후
유공에 과장대우로 스카웃 입사
그리고 선경에 흡수합병

선경 뉴욕지사에서 가족동반 5년 근무
영어공부 제대로 한 쌍둥이 딸아이들
그 곳에서 초등학교 4학년 수료

언니는 이화여대 동생은 서강대 입학
교환학생으로 유학한 동생
로스쿨 수료 후 변호사 시험 합격
미 국제 인권변호사 자격 취득

로펌회사에 근무 중 간부와 국제결혼
롯데월드 전통 혼례 예식장에서 전통혼례
그 로펌회사 간부 회사의 대표가 되고
지금은 그 회사 대표의 사모가 된 동생의 딸 아이
트럼프 동부 국경순방시 인권변호사로 동행도 했다고

2020 겨울을 앞두고 동생은 72세
그렇게 공부 잘한 딸들을 두고 손자가 없어 외로운 노후
형은 76세 아들 셋 손자 넷

6.25 직후 두 살 네 살 여섯 살 삼남매를 두고
26세 아버지 일찍도 가시더니
볶은 쌀겨 무우밥 가난과 고통의 추억을 안고 살아온
인고의 세월
이제 팔십을 바라보고 있다

남향으로 일산병원이 바라다 보이고
북으로 암센터 병원이 내다 보이는 13층

죽기 전 사자는 굴을 찾는다더니

(2020.11.15 만유)

꽁트 / 형과 아우 2

1. 농악놀이 마당의 내 동생

6.25는 우리 가족과 우리 삼남매의 운명을 바꿔놓고 끝이 났다.
전란의 상처는 곳곳에 남아 있었지만, 철 따라 계절 따라 우리의
풍습은 다시 이어 지고 있었다.

6.25가 지나고 5년 후 쯤, 내 동생이 초등학교 입학 전이었으니
여섯 살 쯤 되었을 때,
정월 대보름이면 우리의 전통 농악 놀이가 무성하던 명절
우리집안 당숙 몇 분이 농악팀에 들어 있는 동네 농악팀이
인근 마을에 원정 출연(?) 농악놀이를 하는데,
내 동생은 농악의 리듬에 따라 덩실대며 꼬맹이들 몇 명과 함께
다른 마을까지 따라 가, 덩달아 신나게 따라 다니며 휩쓸리다가

농악 팀의 휴식시간이 되어 막걸리 타임이 되자
막걸리에 오색나물에 차려진 상을 보고
꼬맹이 내 동생이 제일 먼저 상 앞에 앉더니
그렇게나 뛰고 따라 다녔으니 갈증도 나고 시장도 했겠지,
주전자에 들어 있는 게 물인 줄 알고 막걸리도 몇 모금 마시고
보름날 찰밥을 맛있게 먹더란다.
주변에서 보는 이 들은 웃음 지으며 아이를 바라보고......,

2. 난생 처음 시장 구경하는 촌놈

내 고향의 내 친구이니 내 동생보다는 네 살 위의 친구와, 그 친구의
엄마를 따라 내 동생이 5일 시장엘 따라 갔더란다.
시장에 들어서자 마자 내 동생의 눈에 비친 광경에
"우와! 고무신 좀 봐라!"

꼬맹이가 어찌나 크게 외쳤던지 주위의 모든 사람들이 한참을 쳐다
보더란다.
수많은 신발이 진열된 신발가게를 보고 감탄하는
내 동생의 감격스런 외침에
내 친구는 "니 동생 땜에 창피해 죽는 줄 알았다!" 며
나중에 내게 전해주었다.

그것은 내 동생이 처음 보는 도회지의 시장 구경이자 처음 보는 세
상구경 이었다.

3. 깨어진 동치미 단지 사연

어머니와 헤어져 사는 우리 삼남매, 어머니는 지방의 도회지에 있는
진 외할머니 댁에 방을 얻어 삯 바느질을 하셨다.
우리 할머니께서 동치미를 단지에 넣고 새끼로 칭칭 감은 다음 고를
내어 작대기를 끼우고,작대기 앞에는 내가 서고 뒤에는 내 동생이
서고 어머니가 계신 곳까지 걸어서 갔다.
시골의 우리 집에서 어머니가 계시는 곳까지는 8km 2십 리가 넘는
거리였다.

도회지에 이르기 전 까지는 그런대로 잘 가고 있었다.
도회지에 이르자 오가는 사람 오가는 자전거 오가는 자동차
시골에서는 볼 수 없던 광경에 내 동생은 차츰 볼거리에
정신이 팔리고 있었다. 어느 순간
"미끌! 아고! 퍽!"

주변의 새로운 광경에 정신이 팔린 내 동생이 그만 발을 헛 딛고
미끌어지고 말았다.
동치미 단지는 인정도 사정도 없이 깨어지고, 그리고 동치미 국물
은 모두 흘러 내리고 말았다. 그때는 동생이 얼마나 미웠던지 패
주고 싶었다.
하지만 어린 생각에도 사태를 수습 해야만 했다.
어머니가 계신 곳 보다 가까운 큰 이모님 댁으로 먼저 찾아 갔다.
깜짝 놀란 이종누님이 놀라며 반기며, 이모님과 함께 사태 수습을
해 주셨는데 동치미를 다른 그릇에 옮겨 담고 흘러 버린 동치미
국물도 채워 넣고 어머니께 찾아가 전해 드렸던 것이다.

이상 하리만치 잊혀지지 않은 어렸을 적 추억 중의 하나이다.
그 동생이,고등학교 2학년 때 검정고시에 합격하고
이듬해 다시 서울공대에 합격하여
고3학년을 건너 뛰고 서울공대에 입학한 동생 이며
지금은 형 아우 모두 70을 지나 80을 향하는 인생 여정에 서 있다.

(2020.11.18 만유)

정신 문명의 중요성

옛날에는 그랬지요
먼저 사람이 되라고
인성 명예를 중시하고
정신문명을 중시하는
수신제가 평천하가 순서였죠

지금은?
결론적으로, 물질문명
황금 만능의 시대가 되어 버렸어요.

부모 덕에 좋은 차 몰고 다니는 체대 여학생
불편한 점 없어 고물차 모는 교수님
어느 날 접촉사고가 났는데
거리낄 것이 없는 여대생
보잘것없는 주제에 내 차를?
교수님을 내동댕이 쳤대요 글쎄
물질이 정신의 우위에 있어서는 안 되는데
현실은 이미 그렇게 변질 되어 버렸다는 거예요

독도는 우리 땅!
우리의 소원은 통일!
정신문명의 중요성!
우리의 후예들이 올바른 정신을 갖도록
일깨워야 할 덕목입니다.

(2020.11.3 만유)

어항 속 세상

어떠하냐고
바깥 세상 어떠하냐고

항아리 모양에 아홉 마리
대접 모양에 세 마리 어른 새끼 구피 마을

속세가 궁금 하지만
오늘도 조용히 꼬리 흔들며

세상 돌아가는 일
안 봐도 안다는 듯

상상의 나래를 펴듯
밖의 노신사와 대화를 나눕니다

(2020.7.7 만유)

코리아의 봄

코로나 마스크 걱정에
마음이 무거운데

리드미컬한
새벽 빗소리 잠을 깨우네

아시아의 거룡
두려울 게 무어든가

의심할 여지 없이
글로벌 정신 세계 이끄는 우리

봄비는 생명의 근원
우리는 일어 선나

(2020.2.25 만유)

서정시

서러움 기쁨
그리고 아름다움의 노래

정으로 노래하는
오직 정감 만이 넘치는

시의 마음은 어디에
소월이 탄식하네

(2020.2.25 만유)

한평생

가파른 길 위
내닫는 바퀴인가

고달픈 한 생애의
열매는 맺혔던가

파도는 끊임 없이
전설을 이어 가네

(2020.8.16 만유)   고영도   033

겨울비

겨울 비 오고 나면
울타리 넘는 찬바람 흰 눈발
비녀에 새겨진 봄 꽃 향기 그리네

(2019.11.24 만유)

동짓달

동짓달 긴긴밤 베혀내던 사연
짓궂은 낭군님 사모하는 마음
달 그림자 푸르름에 멍울지는 그리움

(2019.11.20 만유)

문풍지

문틈에 드는 바람
풍경소리와 만나면
지나간 춘하추동의 그리움이라네

(2019.11.12 만유)

동치미

동동주 익던 가을 지나면 동치미 익는 계절
치악산 단풍 소식이 지나면
미사리 눈썰매 생각 나는 계절

(2019.11.16 만유)

고마운 마음
천천히 불사르며
운치를 엮다
고천운 대표

달뫼 고천운

한행문학 동인(2020)
다년간 혼자서 취미로 행시 습작

- 글방 1 -

고상한 음률
천 가지 시상으로
운치를 낳다

- 글방 2 -

고운 임 함께
천수를 누리면서
운우지정을

- 기다림 -

서산에 해 지는데
금새 오지 무얼 하누
봉이를 기다리며

- 지긋지긋해 -

코로나 녀석
로타리 돌고 돌듯
나가질 않네

- 정동희 -

정겨운 글로
동아리의 속삭임
희망을 낳네

정동희 회장님

정동희의 행시문학
틀 속에 자유로워

동호인들 함께 하는
신선한 그 모습들

희미한 듯 강렬함이
은은하게 퍼져가니

회오리를 닮은 듯
높게 넓게 힘차게

장차 이룰 큰 열매의
뿌리 되고 줄기 되어

님 맞으러 나아가듯
설레이는 그 마음

마음의 꽃다발

결혼한 지 몇 해던가 세월 가고 몸도 늙어
혼자라면 긴긴 세월 외롭잖게 달려왔네

삼십 넘은 노총각과 이십칠 세 노처녀가
십여 평의 초가 삼간 부모 함께 살더니만
구차해도 넉넉한 듯 다툼 없이 이룬 가정
주렁주렁 열렸구나 아들 손자 며느리라
연산홍의 화사함이 이보다 더 할소냐

기복 없이 다툼 없이 믿음으로 이룬 행복
염치 없이 얻은 아내 세월 속에 더욱 빛나

축복이라 두 며느리 하나님의 선물일세
하고 많은 사람 중에 당신 만나 행복하오

큰아들 내외

고씨 가문 첫째 아들 심성조차 깊더니만
상냥하고 아리따운 아내 얻어 기쁨이라
민들레 흩날리듯 넘쳐 나는 행복이네

김은경이 누구런가 김씨 가문 둘째 딸이
은방울 구르듯이 어여쁜 목소리라
경험 많은 부모 특성 그 한 몸에 담았구나

결혼하여 얻은 아들 그 이름도 고귀한
혼자인 듯 외롭잖은 여호와의 선물이네

십여 년을 하루 같이 달려온 그 세월이
이제 와 돌아 보니 한 자락의 추억이네
주목의 가치 닮아 살아 백 년 죽어 천 년
연륜이 더 할수록 그 가치도 빛을 더해

축복 더해 행복 더해 여호와의 사랑 더해
하루 하루 다가 오는 낙원의 길 함께 가세

우렁 총각

고요한 듯 풍성함이 깊은 심성 이루더니
상상 속의 우렁 각시 그 모습이 예일까
범부의 길 마다하고 고고히 걷는 모습

여호와의 군사로써 뚜벅뚜벅 걷는 모습
호의호식 멀리하고 진리의 길 걷는 모습
와우산의 듬직함이 한 몸에 넘쳐 나네
의의 길 외로워도 함께 가는 큰 무리

선하디 선한 마음 착하디 착한 마음
물 찬 제비 마냥 솟아오를 날 있으리

셋째와 며느리랑

고씨 가문 셋째 아들 진리 안에 걷더니만
상상 못할 축복이네 고운 마음 아내 얻어
철이 철을 다스리는 잠언의 지혜 따라

서로 밀고 끌어 주며 사랑 넘친 부부라네
진정 착한 마음씨에 아름다운 외모라니

행실마저 참 하니 부족함이 하나 없네
복음 따라 살아 가는 건강한 영적 부부
한치의 빈틈 없이 두 마음이 하나 되어

부족함이 있더라도 풍족함을 누리면서
부모 형제 함께 하여 낙원의 길 달려가세

Golden Wedding

박상진 고춘수 특파로써 전념하다
상봉하여 이룬 가정 어언 오십 주년
진정 빠른 세월 속에 오부자의 중심이라

고달프고 힘들어도 믿음으로 버틴 나날
춘하추동 사계절을 하루 같이 지낸 세월
수놓은 듯 새겨지는 아련한 추억들

결합하니 여호와요 이어지니 그리스도
혼신의 힘 다하더니 오부자가 장로라네

오래 묵은 김치처럼 깊은 맛이 우러나는
십자수의 깊은 정성 마디마디 배었구나
주고 주고 또 주어도 배어나는 사랑의 힘
연구하고 되새겨서 다져진 믿음의 힘

축하해요 영적으로 중심 잡아 이룬 가정
하나님도 여시리라 축복의 빗장대를 !

전파자의 길

서러운 듯 헤쳐 나온 삼십여 년 긴 세월에
금쪽같은 세 아들에 영에 물든 막내딸
봉선화의 풍만함이 넘쳐 깃든 행복이라

파란만장 긴긴 날을 어이 참아 지냈던고
이 못난이 어우러져 참고 참고 또 참으며
오직 한 길 생각하며 지내온 길 보람이네
니시 요법 생각하며 원초적인 마음으로
아름다운 그 마음씨 한 시인들 잊으리오

축하하오 좋은 결정 여호와와 함께 하니
하루하루 쌓는 보물 그 빛 더욱 찬란하리

여행길 안전히

전체를 아우러서
하나가 되어 지니

미소 가득 환한 모습
여호와의 선한 군대

경치 찾아 떠난 여행
사람 찾아 뜻 전하니

자애로운 뜻 이루어
즐거운 여행 되소

매화 향기 ㄱ윽하듯
차 안 가득 사랑 넘쳐

여호와의 돌보심이
모두에게 이루어져

행복과 기쁨 속에
안전 여행 무사 귀환

길이길이 남게 될
아름다운 추억들!

바램

고난 속에 인내하며
버텨온 한평생

춘하추동 사계절을
하루같이 살더니만

금쪽같은 선물이네
아들 손자 며느리라

건강한 마음으로
일궈 낸 한 가정

강한 듯 부드러움
버팀목이 되었으니

하나님은 아시리라
올곧은 그 마음을

오직 한 길 생명의 길
함께 하길 기도하오

구름 위

제반 일과 제쳐 두고
구름 위로 올라 서니

주렁주렁 뭉실뭉실
솜사탕이 유혹하네

도도함도 부유함도
모두가 발 아래라

여기 저기 세상 풍물
도토리 키 재기라

행복한 우리 모녀
무엇이 부러우랴

길러 보니 잘 컸구나
따뜻한 정 은지라네

1막

정돈희와 박현희의 귀여운 외동딸이
채송화의 아리따움 쏙 빼닮아 예쁘구나
인자하신 아빠 엄마 좋은 특성 본 받아서

자매로써 영육 간에 무럭무럭 자라나면
매화보다 짙은 향기 은은히 풍기리라

졸업하니 몸과 마음 훌쩍 커진 느낌이라
업어 키운 부모 마음 서운한 듯 대견한 듯

축하해요 졸업이란 새로운 시작이니
하나님의 자녀로써 쑤욱쑤욱 자라나소

노익장

조금씩 솟아 나는 깊이 있는 샘물처럼
종유석에 새겨 지는 세월의 마디처럼
석류 알이 영글어 드러나는 속살처럼

형체 없이 살던 인생 탈바꿈한 열매 되어
제어할 길 없는 열정 송이송이 탐스러워

침례 받아 익은 열매 우리 모두 기쁨이니
예수 자취 뒤따르며 여호와께 향한 마음

축하하오 새 생명 우리 모두 하나 되어
하나님께 나아가세 처음 느낀 그 맘으로

가뭄

비구름은 어데 갔노
산천이 메마르네

가는 구름 오는 구름
모두다 불러 모아

와룡 선생 비 부르듯
빗줄기로 쏟아 지면

야속했던 마음일랑
한 방에 날릴 텐데

해만 쨍쨍 바람 씽씽
하늘은 파랗구나

사돈 힘 내세요

여든 살이 수명인가 백세 넘어 한계인가
호의호식 인생살이 무슨 소용 있으랴만
와글와글 시끌벅적 그 속에 빛이 있어

하나님을 찾는 마음 빛 가운데 활보하듯
나의 앞길 환한 모습 모두 함께 가노라면
님의 모습 벗들 모습 삼남매의 환한 모습

삼남매가 누구런가 장희경과 경진이라
남자로써 거듭 나니 장준우의 영적 건강
매란국죽 굳은 절개 버팀목이 되었으니

선상하오 영육 간에 우리 모두 하니 되어
강건한 듯 부드러운 장희경 자매 함께

기도하며 아들 키운 경진 자매 지극 정성
원 없이 풀어 내는 장준우의 재담이라

새로운 탄생

박씨 가문 삼남매 중 장녀로써 보은이라
보물을 차곡차곡 하늘에 쌓아 가네
은과 금이 좋다 한들 이에 비하리까

자매로써 단아함과 청순함이 어우러져
매서운 칼바람도 부드럽게 녹이리라

파요냐 길 영광의 길 우리 모두 가야 할 길
이제부터 시작이네 우리 모두 기쁨이네
오직 한 길 함께 해온 어머니의 기쁨이네
니네베의 요나 닮아 충실한 자 보은이라
아름답고 선한 마음 예수 닮아 크노라면

축하하는 온 가족의 하나 된 마음이라
하나님의 축복 속에 무럭무럭 자라가소

모국에 와서 1

한 가족이 얼싸안고
다시 만남 기뻐할 제

국시라도 어떨소냐
함께 함이 행복한데

방방곡곡 친구 만나
그 간 소식 주고 받고

문제 없는 인생살이
어데 가도 없더구려

후회 없는 인생 실러
여호와께 달려 가니

기다린 듯 반기시네
사랑스런 아들 딸들

모국에 와서 2

두 분 뵈니 역시더라
그 인품과 소박함이

분꽃 나무 분향처럼
수줍은 듯 보여 주신

건실하고 고운 사랑
마음 속에 담아 왔소

강쇄 바람 흩날리듯
여기 저기 모두에게

기름진 삶 보여주네
보는 사람 행복하게

원 없는 삶 살아가네
계속해서 흐뭇하게

하나님이 주신 약도
함께 찾아 가노라면

며느리도 찾아 가리
가까운 곳 낙원의 길

인내 1

송익선이 누구런가
사랑하는 우리 형제

익어 가는 열매처럼
영의 향기 짙어 가니

선한 아내 고운 따님
영의 축복 아니런가

힘들고 고된 만큼
가족 사랑 깊어 가고

내 주변 형제들의
사랑 또한 커진다오

세상 풍파 뛰어 넘어
값진 보물 얻었으니

요나처럼 고통 끝에
영의 축복 있으리다

인내 2

송글송글 맺힌 열매 영의 향기 가득하고
정성으로 이룬 가정 행복만이 가득할 터
옥의 티라 가정 우환 천근 만근 무게감이

자매로써 아내로써 여호와의 군사로써
매일마다 다가 오는 고난 시련 이겨 내고

힘을 모아 여호와께 간청하고 간구하면
내가 네가 우리 모두 한 맘으로 기도하면
세상 고통 근원인 사탄의 덫 피하리니
요나처럼 고통 끝에 큰 행복이 찾아 오리

어울림

서씨 가문 셋째 아들 이씨 가문 둘째 딸이
준수함과 아름다움 주 안에서 하나 되니
용사로써 군사로써 어우러진 모습이네

형제로써 당당함과 자매로써 현숙함이
제대로 어우러져 큰 싹을 틔우리니

이제부터 시작이야 삼겹 줄의 튼튼함이
현 세상의 기만적인 거짓을 털어내고

자비로운 주와 함께 삼겹 밧줄 꼬아 가면
매사에 스며드는 여호와의 축복이라

결혼의 신성함이 하나님의 선물이니
혼자라면 외로운 길 둘이 가니 즐거운 길

축하하오 두 분 결혼 우리 모두 기뻐하오
하나 되어 한 길 따라 여호와께 나아가세

지난 일들

소리 없이 찾아 든
역병의 두려움은

소중한 동료들과
만남조차 어렵구나

한두 마디 주고 받던
소소한 얘기들이

일상처럼 치러지던
야외 봉사 순간들이

상한 마음 달래 주며
주고 받던 이야기들

의로운 주의 말씀
회중에서 배우던 일

행복했던 그런 일들
기쁨인 줄 몰랐으니

복음 전파 시작할 때
얼싸안고 웃어 보세

님과 함께

가
나랑
다리아
라일락꽃
마로니에꽃
바람에 향 실어
사랑의 향기 담고
아스라한 추억 속에
자스민 멋진 향기 취해
차라리 이대로 머문다면
카리스마 넘치는 그대 함께
타오르는 태양의 열정을 품고
파아린 진디의 포근함을 느끼며
하늘대는 코스모스꽃 향기 맛본다

힘 내세요 모두

힘에 겨운 지친 삶

내가 살아가는 현실
세상이 요란하고 불안해도
요사이 유행하는 우한 독감

모르긴 해도 백신 개발 된다니
두려워 말고 이겨 냅시다

財德 김정한

울산남목교회 장로 / 취미 : 서예
現. 울산자유우파시민연대 대표
한행문학 신인행시문학상 / 시인 등단(2012)
제1회 전국행시백일장 최고작품상 수상(2016)

저서 : 반쪽의 새 삶(2016, 행시집)

조금만 더 살다 가지

조심 합시다
금번 차이나 바이러스는
만인이 감염되니

더욱 조심하고

살균과 소독 잘 해서
다 같이 이겨 냅시다

가는 곳 마다 거리 두세요
시금 마스크 쓰고 계신가요?

한가위만 같아라

한번 뿐인 삶
가장 소중해
위로 받고
만족하게 살자

같이 사는 가족도
아끼고 사랑해서
라스트까지 행복하자

님아 그 강 건너지 마오

님아 그 강 건너지 마오
아름다운 노인들의 이야기

그때 눈물 흘리며 보았습니다

강하다 생각했던 남편도

건강하다고 생각했던 아내도
너무나 빠른 세월 속에서
지난 세월 추억하며 보낸 노인들

마누라 보내고 슬퍼하는 남편
오늘도 서쪽 하늘 쳐다보며 눈물 흘려요

지평선

지금도
평화 타령하는
선동자들

리드미칼

리더를 믿지 못해
드라마 같은 세상
미궁 속을 헤매는
칼날 위에 선 백성

그대 보내고 나서

그리워도 못 가는 신세
대처에 간다고 떠난 고향

보고 싶고 가고 싶다
내가 태어나 자란 고향
고요하고 적막해도

나는 기억하고 추억한다
서울에 살아도 마음은 고향

* 내가 태어난 집 / 돈수재(遯廋齋) - 경북 안동시 문화유산 103호

그대 보내고 나서

그 님 가신지 어언 오 년
대신할 수 있는 이 찾았소

보고 싶어서 대타 찾았소
내가 보니 당신만 못해도
고운 임 같아서 좋아요

나와 당신 또 하나의 당신
서로 사랑하며 훗날 만나요

구월 그 도도한 하늘

구시 월 호시절
월중 최고의 달

그 어느 달도

도무지 따를 수 없어
도도한 최고의 절기
한해 농사 마감하여

하늘에 제사 드리고
늘 평안을 기원하는 달

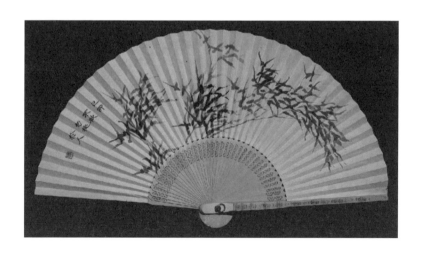

쓸모 없는 지하 자원

지옥 가는데
하자 없는 이

자신이 알 걸
원수 같은 재앙

우이독경(牛耳讀經)

우야꼬
이 지경을
독재 타도
경찰 국가

다복함

다 같이
복 받는 법
함께 교회 가요

목적지

목사는 신사 참배는 절대 안 된다 하면서
적지 않은 현실의 목사들이
지금 예배 중지는 잘 따른다

망망대해

망해 가는 나라를 구하려고
망치 들고 삽 들고 새마을 운동
대통령이지만 서민적인 그를
해가 바뀌어도 못 잊는 박정희

길 찾아

길 잃은 한국 백성
찾을 길 없는 지도자
아직 일 년 더 남았다

참 잘했어요

나훈아가 소크라테스 동생이구나
훈아가 작사 작곡한 노래 듣고
아름다운 집안이라 생각했지요

추석 특집에서 온 국민 기쁨 주었죠
석양의 늙은 가수 나훈아가

덕담 한번 잘 했지요
담대한 마음으로 K.B.S를 꾸짖다니

운명적 사랑

운다고 옛사랑이 오리오 마는
명곡 못지않은 우리 시대 가요
적지 않은 사람이 지금도 불러요

사는 게 어려워도 불러보는 노래
랑만과 추억이 서린 옛 노래

한글날

한글이 좋다
글자 중 으뜸이라
날마다 쓴다

한글 자랑

한글이 너무 좋다 세종이 창제해서
백성이 쉽게 배워 편안히 잘 쓰니까
세상에 제일 좋은 글 모두 인정 합니다

한글 자랑

가나다라 우리 한글이
나랏글인 것이 자랑스러워
다 함께 아끼고 사랑해서
라틴어 영어 러시아어 보다
마음에 맞고 쓰기 편해서
바로 쓰고 잘 쓰며
사랑합니다
아무리 어려운 발음도
자세히 쓸 수 있고
차이나 한자와는 비교도 안돼
카나다 영어도 우리 글만 못해요
타국 어디에도 이런 글 없어
파란 젊은이 우리 글 쓰면
하염없이 예뻐 보여

가도 끝없는 하늘

가을 끝자락 상강 지나고
도로변 가로수 낙엽 지는데

끝없이 높은 하늘 푸르고 푸르다
없어진 달빛 대신 별이 빛난다
는실난실 가을바람 갈대 우는 소리

하염없이 밤길 걸었던 철부지 시절
늘 사랑했던 처녀 생각나는 밤

우리 소나무

가을이라 가을 바람 솔솔 불어오니
나뭇잎은 떨어지고 가지만 앙상한데
다 떨어져도 솔잎은 청 청 짙어만 간다
라왕은 열대지방 소나무라 물러서 못쓰고
마을 앞 뒷산의 한국 소나무는 결도 곱지만
바르고 곧게 자라 기둥감 되고
사시 사철 푸르고 푸르지만
아무리 메마른 바위 틈에서도
자라고 살아서 분재로써도 좋은 나무
차가운 겨울도 무더운 여름도 견디며
카네이션 향기보다 더 좋은 솔 향
타의 추종을 물리치는 우리 소나무
파란색 변함없는 독야청청
하늘 향해 쭉쭉 뻗어나라 우리 소나무

전화위복

전 해양수산 공무원을
화마 속에 불태운 북괴 만행을
위장하고 감추려는 우리 정부
복잡한 문제 생긴다

아이돌

아무리 좋게 생각해도
이 나라가 이상하다
돌아가는 모습이

고귀한 삶

인간 만사 새옹지마인가
간단한 삶이 아니고
의롭고 바르게 살고 보니

나이 들고 힘겨운 삶이 된 지금
약하게 늙어가니 후회도 되지만
함께한 주변 친구들
이러쿵 저러쿵 말들 해도
던져진 삶이 아니고
가장 고귀한 삶을 살고 있지요

누명 쓴 이완용

가난한 나라가 된 조선 말기
을사조약으로 나라를 팔아먹었지

일본에 많은 빚을 진 고종 임금
기록된 역사를 보면 이완용이 역적이 아니고

쓰라린 고통 속에서 고종을 대신하여
다 뒤집어 쓰고 역적이 된 숨은 HE STORY

바쁘게 살자

인생사 쓰다지만
생각하기 나름이지
은발까지 살아 봐야

살고 죽음이 뭔지 알지
아이 때나 늙어서나
볼일 많고 바쁘면
만족한 삶이지

해 아래 바쁘게 살면 좋아

모시숙자 공빈연소 毛施淑姿 工顰妍笑

모시 적삼 앙클하게 입은
시선을 한 몸에 받은 여인
숙연하리 만큼 속살 비친다
자연히 눈길 끌려

공개된 거리에서 따라가
빈대 같이 밀착하니
연민의 정 생겼지만
소용없는 일이라 포기했다

* 출처 : 천자문
　毛嬙(모장)과 西施(서시)이 맑은 자태는
　공교로이 찡그림과 예쁜 웃음이라

석분이속 병개가묘 釋紛利俗 竝皆佳妙

석가도 예수도
분 내지 말고
이웃과 화목하고
속과 겉 같이 하여

병 없이 살라 하니
개똥밭에 살아도
가난하게 살아도
묘한 세상 이기며 살자

* 출처 : 천자문
　　분란을 풀어서 세속을 이롭게 하니,
　　모두가 다 아름답고 오묘하다

여나독특 해약초양 驢騾犢特 駭躍超驤

여자는 요리하고
나는 먹어주고
독상 받아 먹는 음식
특식이 아니어도 별미

해물탕 고기찜 너무 좋아
약이 불 필요 밥이 보약이다
초장에 전어회 끝내 줘요
양식 한식 푸짐함에 힘이 불끈

* 출처 : 천자문
　ㅏ귀와 노새 그리고 송아지와 소가,
　놀라 날뛰고 뛰어 달린다

해구상욕 집열원양 骸垢想浴 執熱願凉

해는 져서 어두운데 찾아오는 사람 없이
구성진 가락에 팔자타령 노래하며
상처 입은 마음이라 내 팔자 같아서
욕심 내어 새 사람 찾아내어서

집에 모셔 어르고 달래서 내 사람 만들고
열심히 섬기며 사랑 주어 점수 따고 있지요
원망도 후회도 없이 현실에 만족하며
양양한 앞길 바라며 행복하게 살려고 합니다

* 출처 : 천자문
  몸에 때가 끼면 목욕을 생각하고
  더울 때에는 서늘한 것을 원한다

엄마 생각

봄내 물씬 풍기는
나물 반찬 상에 올리니
물색 없는 그리움 엄마 생각

曉雪 반종숙

한행문학 신인행시문학상 / 시인 등단(2020)
2020 주먹행시 특별전 대상 수상

정동진

동그란 햇덩이 붉게 떠올라
해맞이 명소로 붐비는 곳
바로 눈 앞에서 떠오르는 해가
다가와 안기듯 빛나니 장관이로세

봄날 아침

봄빛 가득한 뜨락
날이 좋아 눈부시니
지금은 봄을 연주하듯
기분 좋게 햇살 따신 아침

딸냄의 선물

프라페 한 잔의 산뜻한 넘김
리얼 샛노란 꽃다발 한 아름
지금 이 순간이 행복의 절정
아쉼도 모자람도 없는 채움

어떤 부부

부부지연 맺어
부모가 되고
의좋게 살다가도
세파에 흔들려
계륵인 듯이 살아

생활 속 거리 두기

꽃은 해마다 피어
구경 한 해 쉬어도
경을 칠 일 아니야
포기 아닌 배려심
기필코 모두 위해
하고 많은 꽃놀이
고만 올해는 접어

주룩 주르륵

봄 하늘은 더없이 청명한데
마음 속에는 굵은 빗줄기가
주룩 주르륵 여울져 내려

사회적 거리 두기 또 연기
아이들은 온라인 개학
소소한 모임 조차
조심스럽고 눈치 보이니
어찌 마음 속에 비 아니 내릴까

만개한 꽃 조차
처연한 슬픔으로 다가오니
어찌 마음 하늘 맑을까

창 밖의 봄빛이
더할 나위 없이 화사해도
그 손 잡을 수 없으니
그 봄날 또한 아프지 아니할까

농촌의 봄 밤

서녘 빛 쏟아져 들어오는 저녁 나절
바람에 흔들리는 나뭇가지
그림자가 창가에 드리우고
일찍 어둠이 잦아드는 농촌 마을에
고요가 안개처럼 내린다

도시와는 사뭇 다른
일찍 잠자리에 들고
일찍 일어나는 문화가
긴 밤 충분한 쉼을 허락해
밝고 활기찬 아침을 선물한다

서쪽 하늘에 노을이 붉게 물들면
건강한 에너지가 집집마다 스미는 듯
마을 전체가 포근히 빛 속에 잠긴다

마당을 지키는 강아지도
일찍 제 집으로 들어가 잠을 청하고
인적 없는 거리에 가로등만 졸고 있다

마을 전체가 평화로이 잠든 밤
어둠 속에 잠긴 들녘에
바람 조차 고요히 쉬어간다

빼앗긴 봄

하얗게 핀 벚꽃이
소복한 여인처럼
처연하게 보이고

화사한 봄 햇살은
길 잃은 바람에게
따사로움 내주니

사람의 마음 밭도
봄날도 하릴없이
메말라 가는구려

봄나물 밥상

봄 햇살이 눈부신 아침
바구니 하나 들고
이슬 머금은
애쑥과 민들레 어린 잎 뜯어
버무리와 겉절이로
아침 밥상에 올리니
상 하나 가득 봄 내음 물씬
사는 게 별거던가
이렇게 살아가는
소소한 일상이 행복이지

- 중매 결혼 -

꽃다이 살자
마침내 만난 인연
차차 정 들여

- 봄 전령 -

산바람 불어
수억 꽃들의 군무
유여한 봄내

- 四月愛 -

수줍게 피어
선보이듯 살풋이
花月의 戀歌

- 길냥이 -

고정적 식객
양껏 배만 채우면
이내 사라져

- 말복 -

복날 삼계탕
달게 끓여 났으니
임자 드시오

- 힐링 -

자유로움을
전신으로 느끼며
거칠게 달려

- 부부 -

비로소 알아
익숙함에 젖어서
조심 덜 했어

- 웃어요 -

웃는 얼굴이
음지에서 양지로
꽃 길 만들어

- 재기 발랄 -

나름 갖춰진
팔방미인이었지
꽃답던 시절

- 태만 -

비윗장 좋은
나리님들의 행태
리얼 곤장감

- 손주 -

꽃처럼 고와
향내조차 그윽한
기쁨의 근원

- 말썽쟁이 -

한심한 작태
번번히 반복하니
쯤매어 두랴

- 동행 -

소소한 행복
나눌 수록 커지니
기쁨이 두 배

- 향리 -

내가 살던 곳
고즈넉한 산동네
향시 그리워

- 손녀 -

나풀거리며
팔랑팔랑 신바람
꽃보다 예뻐

- 우리 결혼 해 -

에너른 세상
너와 나의 인연이
지금 최고조

- 뒤안길 -

인제는 황혼
생의 흔적 곳곳에
길길이 남아

- 나 -

집이 없는데
문서는 말해 뭐해
서럽디 서러

- 감염 시대 -

코만 막혀도
사람들 눈치 보여
지금이 그래

- 민주화 -

오월의 핏빛
일제 때 보다 더해
팔방색 역사

– 마음 앓이 –

우리 모두가
울렁증 안고 살아
증상 차이뿐

– 우리나라 –

상그러운 땅
록색의 푸르름이
수려한 강산

- 부부 -

어느덧 황혼
버성겨 살다 보니
이제 뒤안길

- 운명 -

연정이 싹터
리얼리 한 몸 되니
지고지순 해

- 효설(曉雪) -

함빡 내린 눈
박꽃처럼 새하얘
눈부신 아침

- 남사친 -

미처 몰랐어
친구인줄 알았어
연정은 사절

- 고향 산천 -

산세가 좋아
그림 같은 내 고향
늘 그 자리에

- 상사병 -

상상치 못할
사무친 그리움이
화르르 피어

- 다이어트 -

인제부터야
간헐적 단식으로
꽃 피울 청춘

- 삶 -

아련한 기억
버성기며 살아온
지난한 세월

- 운명 -

고와서 좋아
운 좋게 만난 그대
맘 깊이 감사

- 나그네 -

나 홀로 되어
들꽃처럼 외로이
이렇게 살아

봄 비가 와요

봄 앓던 시냇물이 여민 옷을 훔치고
비단결 숨 고르는 바람은 터울 져도
가락진 풍만함에 꿈틀대는 나뭇가지

와 닿는 눈길마다 꽃멍울 터트리니
요란한 빗줄기로 몸살 앓는 산하여~

率明 배기우

한행문학 신인행시문학상 / 시인 등단(2016)
고등학교 영어스피치대회에서 2등 수상(1985)
문예지 현대시선에서 시와 수필 부문 등단(2009)
제3회 전국행시백일장 대상 수상(2018)

봄을 잇는 홍매화

봄 하늘 저 산 아래
꽃피는 붉은 절정

을싸한 기온들을
의연히 헤치고서

잇닿아 뿌리내린
거룩한 생명 보고

는개에 촉촉하게
젖어 드는 화사함이

홍안의 소녀처럼
수줍음 가득하니

매듭을 풀어헤친
서풍에 매달려서

화르르 쏟아내는
꽃망울 고운 자태

강변에 흩날리는 꽃 물결

강둑에 홀로 앉아
상념의 그늘 아래

변치를 아니하고
피어난 꽃을 보니

에이는 서글픔도
눈 녹듯 사라지네

흩어진 햇살 담아
고운 빛 받들고서

날갯짓 아름드리
나무도 춤을 추니

리듬 속 꽃 물결들
강물을 어루만져

는 시름 털게 하니
이 아니 즐거운가

꽃망울 곱게 틔워
화려한 물줄기로

물색이 없는 마음
후련히 씻겨주니

결 따라 흘러가는
세월 강 건너리라

세월호 참사

산화된
가여운 넋
꽃 비로 흐느끼고

수평선
끝자락을
휘감도는 용오름

유성이
흩어놓은
하늘의 곡조런가

꽃 대궁
솟기도 전
스러진 혼불이여

바람이 전해준 이야기

바닥에 커다란
도화지를 펼쳐봤니

람실댄 파도 따라
갈매기가 날으고

이슬처럼 영롱한
윤슬의 눈부심이

전설 되어 귓볼을
간지럽히는 곳은

해넘이 산등성만
존재하는 게 아니야

준수한 태산목이
으아리 꽃을 품고

이파리 싱그러운
여름을 노래하는

야망의 계절 찾아
떠나는 건 어때

기교 부린 속삭임에
산은 그저 웃는다

광복절

광활한 대지 위로
빛나는 업적들을

복원한 역사의 날
찬란한 민족이여

절연한 마음 자세로
축배의 잔 들리라

범부채

범접한
하늘 아래
호위무사 거느린

부용의
긴긴 날들
님의 마음 받들어

채워진
아릿한 속살
도드라진 꽃 입술

석양

낙원의 끄나풀을
헤쳐놓은 저녁 노을

동쪽의 끝자락에
너울처럼 퍼져오면

강렬한 색채들이
하늘 향해 춤을 춘다

가을비 우산 속

가랑비 흩뿌리는
고즈넉한 가을밤

을싸한 기온마저
감돌아서 울적해

비 젖은 나의 마음은
갈길 잃은 나그네

우수에 휩싸여서
자괴감에 빠졌네

산사의 루각 위로
떨어지는 빗물은

속세에 매여놓았던
인연 끊는 몸부림

가을로 가는 길

가끔씩 창문 너머
키다리 꽃을 본다

을야 빛 월영 속에
그리움 한줌 따서

로망한 님을 향해
한 떨기 꽃이 됐나

가녀린 꽃잎마다
알알이 새긴 외롬

는지시 바람 결에
히늘로 올리고파

길모퉁 어귀마다
여린 잎 틔웠구나

가을은 깊어가고

가지 끝
걸터앉은
서녘 놀 잡아다가

을야에
정담 나눈
님 향해 흩뿌릴까

은여울
억새풀꽃
한아름 꺾어다가

깊이 팬
외로움을
달래어 보려 해도

어설픈
연모의 정
가늠키 힘겨운지

가여운
몸짓으로
바르르 떠는 삶이

고뇌로
일관하는
에고이스트만 같아라

배기우   121

마트에서

마른 나뭇가지
샛노란 은행잎 떨궈댈 때

트림을 하는 듯
온갖 구린내 풍기며 후두둑

에이는 찬바람 타고
은행들이 몰려왔다

서슬 퍼런 눈빛으로
밟지 마라 속은 아물딱지다

터미널

터질 듯
부푼 꽃잎
타는 서녘 놀 맴돌다

미풍에
내려앉은
별빛을 고이 접어

널 위한
진혼곡으로
쏟아내는 저 열정..!!

독감 조심

독하게
앓았었던
사랑 바이러스

감염된
순간부터
불타오른 몸

조각난
마음들을
하나로 일깨웠던

심장은
마구 뛰고
가슴은 설레였지…

한 사람 곁에 또 한 사람

한 폭의 수채화로
펼친 듯 고운 사랑

사르르 녹아들 듯
부드런 감촉으로

람실댄 바람결에
스며든 따사로움

곁으로 다가왔던
그대가 있었기에

에일 듯 아픈 날도
묵묵히 견디었지

또르르 떨어지는
빗방울 방울방울

한없이 아름다운
그 사랑 떠나간 뒤

사라진 추억조차
못 부를 이름되어

람폿 불 아래에서
숨어 울던 애잔함…

동백꽃

동박새
날아 깃든
곁 가지 움트던 날

백옥 빛
단아함을
온 몸으로 받들고

꽃 멍울
핏빛 절규
한 올 한 올 피웠네.

행복

가슴이 따뜻하고 마음이 즐거워라
나른한 일상 속에 내 가슴 비집고 온
다정한 님이 계셔 오늘도 활짝 웃네
라운지 테이블에 둘러서 얘기하듯
마음을 터놓고서 안부를 주고받네
바다와 같은 마음 태양빛 비추이네
사는 날 언제일까 기약도 못하지만
아련한 그리움을 살포시 띄워가며
자긍심 가득 안고 따사롬 펼쳐보리
차디찬 기온들이 바람결 스러지듯
카텐을 드리우고 우리의 고운 사연
타인들 모르도록 예쁘게 키워봐요
파랑새 찾아 깃든 행복의 나래 펴고
하늘과 땅 사이에 예쁜 사랑 하면서

나들이

간만에 외출하여 꽃구경 실컷 했네
난세에 고봉 얹은 이팝 꽃 가득하고
단아한 모양새로 향긋한 아카시아
란꽃이 지고 난 뒤 산하를 뒤덮누나
만개한 꽃잎마다 싱그럼 가득하고
반할 수 밖에 없는 화려한 등나무 꽃
산세가 수려하여 곳곳에 꽃 물결들
안팎에 피고지는 장미도 화사하니
잔물결 일렁이듯 오월은 향긋하네
찬란한 태양빛에 총 천연 물감으로
칸칸이 색칠하듯 고운 빛 산야 속에
탄금을 타는 소리 적막감 달래주니
판소리 어우러져 심금을 울리누나
한없이 맑고 좋은 계곡물 흐르듯이..

꿈

거문고 한 줄 뜯고 시름을 달래볼까
너울진 파도 속에 외로움 털어놓고
더디게 오는 사랑 봄날을 그려볼래
러스크 쓰고 사는 내 삶이 가여워도
머물다 가는 인생 기쁘게 마주하리
버벅댄 하룻길이 때때로 서글퍼도
서둘러 낙심 않고 끝까지 버텨볼래
어줍게 미소 짓는 인생길 고달프나
저만치 달아나는 행운도 잡아볼래
처절한 몸부림이 때때로 아프지만
커다란 흉터들이 머물지 못하도록
퍼지는 아픔들은 저 멀리 보내야지
허허롬 뿐이지만 언젠간 웃을 테니

그리움

구김살 없는 모습 천진한 그 얼굴이
누운 해 불러내듯 환히도 떠오르네
두각을 나타내던 고품격 인격 속에
루비 빛 조각 구름 가슴에 품어 안은
무심한 사람이라 마음은 쓸쓸해도
부대낀 세월 만큼 연륜도 짙게 배어
수심 찬 밤하늘의 별빛을 닮아가니
우연과 필연 속에 여백이 넘치누나
주름진 삶의 계곡 하나씩 헤집으니
추억은 아름답고 순간은 찰나여도
쿠션을 깔고 앉듯 잊혀진 기억이네
투박한 이미지로 더디게 살다 보니
푸르름 넘실대는 산과들 지나쳤네
후미등 켜둔 채 잠들었던 날처럼

희망

고된 삶 영위하며 오늘을 살아가네
노동에 지쳐가는 하룻길 힘겨워도
도무지 나을 기미 좀처럼 안보이니
로빙 된 인생 여정 서럽기 한 없구나
모든 걸 내려두고 멈추고 싶지만은
보듬고 떠안은 짐 아직도 산더미니
소진된 몸일망정 편안히 못 쉬겠네
오라는 곳도 많고 휴식도 갖고프나
조금만 견뎌내면 내일은 해 뜨겠지
초연한 자세 갖고 오늘도 견뎌내리
코너에 몰렸으나 피할 길 찾아내고
토담에 피어있는 소박한 꽃잎처럼
포로롱 날아 깃든 벌 나비 반기면서
호사를 누리는 날 내게도 올 거라며.

<시조>
석류꽃

귀촉도 설움 삼킨
달빛이 하도 고와

밤이슬 벗을 삼아
시절이 빚은 사연

잎마다 앙가슴 치는
혈점 하나 떨궜네

동면(冬眠)

부뚜막 온기 베고
누더기 삶이 익어

푸르른 바람결에
혼불이 찾아올까

웅크린 치맛자락은
고뿔인 양 섧었고

마디에 엉겨 붙은
물컹한 주름살이

숨죽인 머릿 결로
고단함 아우르던

기나긴 여름 햇살이
칭칭 감고 자는 날

바닥난 인생살이
얼기설기 엮여서

부직포 짜집은 듯
엉크러진 눈물로

미완의 봄을 찾아서
가만가만 떠났네

<시>

나이테

숱한 염문설
바람이 물어다 줘도
묵묵히
자신의 자리를 지켰다

때론
골목길 모퉁이에
가로등처럼
무심한 척
외면하는 듯 했지만

삶의 나이테를 휘두른
조각난 언어들이
박편으로 가슴팍
파고들 때마다

무기력해진 자신을
추스리지 못함에
속으로 속으로
응어리만 쌓아뒀다

가로등

그대 숨결이
머문 그 자리
빗방울 헤아리며
우산이 접혀진
골목 어귀
껌뻑 껌뻑
졸린 눈 비비고
지긋이 바라보며
빙그레 웃던
그대가 서성인
그 곳에 가면

희미해진
하늘 등불
잠들 때까지
소근소근
밝혀주던 추억을
목석처럼 버티는
낡은 가로등이
제 속살 파먹는
세월에 녹아 내리고 있었다

곧은 인생

청렴하게 살다 보니
메마르고 맑았다네

산전수전 겪으면서
공중전도 마다 않고

가없는 인생살이
그래도 칭찬받고 살았다네

藝林 이경희

동화작가(월간 아동문학 등단)
평택아동문학회장 역임 / 한국아동문학회 운영위원
색동어머니 동화구연가 / 박화목 문학상 수상
한행문학 동인
2019 대한민국 주먹행시전 최우수작품상 수상

저서 : 밝혀야 할 비밀(동화)

사랑이어라

우연이 아니야
연정 품은 미소로
히아신스 향기 맡듯

정말 마음에만 품었다네
든 사랑 난사랑 온 몸으로 느껴

사무치게 보고 싶을 때는
람실대는 파도처럼 밀려와
아~ 이게 필연적 사랑인가

요즘 인심

주지 않고 받지 않고
말로 다 치장하니
인정은 메마르고
데면데면 서운하다

하소연

거리 두기 웬 말인가?
세상인심과 정을 뚝뚝 떼어놓고
개심한들 편안할까?
탁 트인 세상에서 어울려 살고지고

多자녀가 좋다네

단출하다 좋다 마소

한 명 좋아 자랑마소
사는 건 여럿 속에
람보처럼 유쾌하고

그대로 천진하며
대범하게 키워야지

평택 섶길 중 노을길

노란 은행잎 밟으며 걸으니
석양의 금빛 노을 평화롭고

을매나 좋은지 발걸음도 가벼워
누구라도 함께하면 금세 친해지고

길마다 이어진 산 역사 알게 되고
조상들의 발자취 내게로 이어지네

평택 섶길 중 명상길

명상은 생각을 비우고
고요한 휴식을 하고 싶을 때

상처받은 마음을 말끔히 치유하고
감정을 잘 다스리고 싶을 때

길을 걸으면 좀 더 단단해지는
자신을 만날 수 있답니다

이렇게 살아요

감사히 생활하니
사랑 꽃 피어나요
하나가 둘이 되고
면면히 이어가니

행여나 넘칠세라
복락을 가꿔가며
해마다 성장해요

즐거운 내 인생

사는 동안 얼마든지
람보처럼 유연하고
이 세상을 유쾌하게
라라 하며 노래하고
야박하게 살지 말고
지금처럼 베풀리라

사는 맛

다행이군요
정말 행복 했어요
한 사람 곁에
연이은 또 한 사람
인정 넘쳐요

일복이 많아요

다람쥐 쳇바퀴 돌듯
정해진 시간에 책임 다하려
한껏 부지런 떨었건만
연이어 일이 또 있어
인내로 또 감당 한다네

명품 행시

명시를 쓰고 싶어서
품격 있는 글에 머리를 조아리니
행시가 더욱 눈에 일렁인다
시시한 글이 안 되게 더 다잡는다

명약관화한 글 소재로
품위 있고 진솔한 멋을 지녀야겠기에
행여나 졸속한 글이 될까 봐
시시때때 퇴고에 힘쓴다

즐거운 나의 인생

가슴을 활짝 열고 정답게 살아가세
나하고 뜻이 달라 상대를 밀어내면
다른 이 마찬가지 나에게 멀리하네
라라라 재미나고 즐겁게 살아가면
마음은 평화롭고 청춘이 머무르지
바라는 백세시대 내게로 다가오고
사방이 즐거움에 세상은 아름다워
아무리 힘든 일도 쉽사리 넘어가고
자연히 행복감이 나에게 다가오리
차분히 바라보며 행복을 누리리라
카드가 다양하게 다가온 노년이라
타오른 열정으로 힘차게 맞이하니
파워풀 나의 인생 유쾌한 나날 되고
하고픈 일들마다 수월히 성취되네

일념으로 기도하리

가만히 기도하니 마음이 평화롭네
나에게 다가오는 온 가지 망상번뇌
다양한 방법으로 떨치려 애썼으나
라스무스 방랑이 나에게 엄습하고
마구니 침입하여 순탄치 않더구먼
바라는 소망들을 열심히 기도하며

사라지게 피하니 더욱더 따라붙네
아뢰고 기도하면 보살펴 주시려나
자세히 발원하고 간절히 기도하니
차분히 살피시고 화답해 주시는 듯
카랑한 목소리로 부처님께 매달렸네
타인들 이해 못해 내 속에 빠진 세월
파르르 떨리는 듯 갈등은 많았으나
하나로 일념하며 간절히 기도했네

- 전성 시대 -

마지막 아녀
지금도 한창이여
막, 물 올랐어

- 소신 -

부지런히 해
처음 마음 끝까지
손해 없으리

- 목적 의식 -

목표 있으면
화끈하게 노력해
꽃 시절 온다

- 뚝심 -

겨우 해냈지
울적한 마음 떨쳐
초지 일관해

- 깊어가는 우정 -

변하지 마세
곡차 한잔 나누며
점점 친하세

- 소꿉친구야 -

청라 언덕에
명랑하던 내 친구
한번 보고파

- 인격은 말 속에 -

말이 많으면
모름지기 실수해
이건 진리야

- 노력하더니 -

새삼 감격해
마음껏 연습해서
음치 탈피해

- 정리하기 -

무소유 기쁨
진짜 비우니 좋아
장식은 거부

- 인생 선배 왈 -

친구야 놀자
환갑은 청춘이야
경험자 얘기

- 소싯적에 -

보고 싶은 너
석별의 정을 나눠
함께 울면서

- 보리 풍년 -

보리밭 밟고
석 달을 지났더니
함지박 가득

- 화가의 꿈 -

화구를 들고
초원 찾아 꿈 키워
들판을 누빈다

- 진정한 친구 -

새삼 고마워
기를 세워주는 너
분명히 힘 나

- 마둔 저수지 -

그 곳에 가면
대화가 신선하다
가식 없으니

- 무병장수 -

나이는 숫자
들꽃처럼 살리라
목표는 백세

- 절망은 없다 -

하고 많은 일
여기 많은 어려움
가히 이겨내

- 날마다 -

일일우일신
하루하루 새롭게
고대로 되길

- 경기 실력 -

배구 재밌죠
우린 팀웍이 좋아
자주 우승해

- 우리 노래 -

민요 부르면
조바심 없어지고
시심이 생겨나

- 낙엽 -

바닥에 깔려
가을을 꽉 잡았다
지는 나뭇잎

- 가을 풍경 -

추수 끝난 뒤
억새 넘실대는 곳
길섶 귀뚜리

낙엽 <동시>

가을이 되자
울긋불긋 곱게 차려 있고서
그 동안 고마웠던

비와 햇빛을 보내준 하늘에게
또 바람에게도
팔랑거리며 인사를 한다

해야 할 일을 다 마친 후
자신의 잎을 갉아먹던 벌레까지도
찾아가 덮어주고
내년에 새로 태어날 씨앗들도
꼭꼭 묻어주며

또 도와 줄 일이 없나
이리저리 두리번거린다

덕장에서 <동시>

어부 아저씨 일은
끝났다

이제 바람이 수고할
차례다

아 참! 해님,

너도 애를 좀
써야겠다

임이 두고 간 봄

임 쓰신 가시관은 인류를 구원하고
이 천지 만물 위에 으뜸이 되시었네

두견새 울음 울 때 고독과 싸우면서
고귀한 피 흘림에 우리를 구하셨네

간절한 부르짖음 회개로 인도하고

봄날에 십자가는 부활로 꽃이 피네

東林 장영자

前 청소년 상담교사 / 노인대학 강사
부산광역시교육청 중등과 진로교육 봉사경력 20년
한행문학 신인행시문학상 / 시인 등단(2010)
제3회 전국행시백일장 금상 수상(2018)

사라진 질서

아침에 눈을 뜨면
저녁은 금방인데

침울한 내 마음은
걷잡을 수 없네

에둘러 서둘 필요
그마저 사라지고

눈 부신 햇살도
의미 없는 삶이로세

을씨년 현실 보니
내 삶도 접게 되고

뜨거운 젊은 열정
어디로 사라졌나

면면히 떠오르는
내 친구가 그립다

그리운 친구

시시로 생각나는 내 친구 보고 싶어
월색이 은하수로 빛날 때 가득한 맘
의롭고 티 없이 밝고 맑은 눈동자

마지막 작별할 때 눈시울 젖었었지
지금도 변함없는 맘인데 잊지 못 해
막막한 외로움과 고독이 몰려올 때

날마다 별을 보며 마음을 다독인다.

친구 생각

봄 동산 생각하면 지금도 가슴 뛴다
이별의 두 글자는 생각도 못 했는데

오간 길 둘러보니 길마다 쌓인 추억
면면히 오는 계절 산천은 유구한데

산과 들 꽃밭에서 뒹굴든 옛날이여
과묵한 너의 성격 그 향기 그리워서

들녘에 와서 보니 눈시울 붉히노라

찬미 예수님!

찬란한
밝은 빛이
내 안에 스며들 때

미쁨도
출렁이고
행복에 잠깁니다

예수님!
소중한 이
시간을 주신 당신

수많은
세월 속에
늘 함께 하신 주님 !

님 따라
가신 그 길
저희 손 잡아주오

텅 빈 성당

텅 빈 의자는
단절을 의미하듯
서글픈 마음

빈 맘 속삭임
뒤돌아보는 후회
지구의 반항

성난 자연은
인간을 달래면서
간절한 호소

당신과 나
모두가 부재임한
결핍의 단상

자연아 미안해

창조주
하느님은
인간을 사랑하사

조화롭고
아름다운
자연을 만드셨네

의롭게
살라시고
간절히 바라건만

고마움
다 잊은 체
지구 맘 몰라 했네

마침내
코로나 일구로
정신을 들게 했네

움막 속
깊은 곳에
소통을 막으셨네!

애국자의 눈물

가을바람
불어오니
귀뚜라미 우는 소리

을씨년
고통이여
그늘진 마음에 빛을

의로운
진실 앞에
함께 뭉치게 하소서

눈과 귀 입으로
조신이
말하게 하옵시고

물같이 흐르는
겸손으로
분별 능력 주옵소서

채워야 할 여백

채우고
싶은 것은
마음의 향기인데

워낙에
세상 욕심 유혹의
손길이라

야릇한
나약함을 흔들어
놓는구려

할 일은
너무 많고
비우지 못하는 맘

여러 해
살았는데
아직도 익지 못해

백 목련
은은한 향이
그리운 밤이어라

창문 너머 겨울

창무한 산천초목
짓푸름
어제 같고

문설주
찬바람은
설한을 알리지만

너와 나
마음속에 훈풍은
변함없어

머무는
세월 속에 영원히
간직하리

겨울이
지나가면 새봄은
오기마련

울창한
그 숲길을 꿈꾸며
걸어가리

초파일의 연등

초록이
무성한 산
꽃처럼 피는 등불

파도에
밀려가듯 세파는
거센 바람

일념을
다해 비는 중생의
나약함이

의로움
다지면서 자비심
비는 마음

연꽃에
얽힌 사연 절절한
깨우침을

등불로
불 밝혀서
새로운 새날 맞이

겨울로 가는 길

겨울빛 노을지면 차가운 달무리가
울러맨 삶의 여운 지긋이 자아내고
로크도 안 한 세월 인생은 덧없구나

가는가 가을이여 내리는 부슬비는
는개비 안개 속에 오색과 함께 가고

길 가다 머문 자리 서글픔 내려앉네

아 가을인가 산과 들

아
신비의 계절

가슴에 젖어있는 맘
토하고 싶은 계절

을밋한 맘에
감동을 주는 계절

인색한 맘 거두고
나누고 싶은 계절

가족 시간 맞추어
나들이 하고 싶은 계절

산천에는 무지개 꽃
들판엔 갈대의 물결

과일과 영근 알곡은
풍년을 노래하고

들판에 황금 물결
주님께서 마련한 잔칫상

내 영혼의 힘

내일은
더 새로운
새잎을 틔우리라

영혼의
맑고 밝은
해맑은 웃음으로

혼자서
가야 하는
여정의 수레바퀴

의구한
세월 속에
지혜로 터득하고

잎마다
한 잎 두 잎
튼실한 열매 되리

.

그대 보내고 나서

그날이 언제 올지 우리는 모릅니다
대숲에 바람 불어 휑하니 닦아올 때

보내는 마음이야 말로써 다 하련만
내 맘을 다독이며 자연의 섭리거늘
고요히 주님 천국 잘 가라 인사하오

나날이 생각나면 어떻게 살런지요
서서히 잊혀지며 세월이 약이라오

가을 문턱에서

가을이 오는 소리 세월의 무상이여!
을밋한 그 소리에 가슴만 붉게 탄다

문턱을 내다보며 하늘을 올려보며
턱없이 지난날들 왜 이리 숙연할까
에둘러 갈 수 없는 세월은 서럽지만
서글픔 내려놓고 감사히 보내련다

행복 가득한 둥지

행로의
여정길 이
순탄치 않았어도

복 짓는
마음으로
덕행을 쌓으면서

가슴에
맺힌 눈물
하나씩 버렸었네

득과 실
세상 속을
무난히 걸으면서

한 세월
오르막길
미소로 응답했네

둥지 꽃
주님 분신
미래를 기원하며

지극한
마음으로
인내로 견디었네

주부의 소리

가슴이 답답하고 일손이 안 잡힌다
나라가 안정돼야 국민이 잘 살 텐데
다 함께 잘살려고 허리 줄라 매었는데
라일락 꽃 향기는 썩은 향 풍기누나
마음은 두근두근 갈피를 못 잡겠다
바른 보수 좌파는 달라도 너무 달라
사방이 떠들썩해 긴장이 흐르는 밤
아무리 생각해도 밤잠을 잘 수 없네
자유의 대한민국 어디로 가고 있나
차라리 치매 걸려 이성을 잃고 싶다
카르텔 협력단체 생산업 사라지고
타개책 시간 급한 자유의 민주주의
파산 뒤 때는 늦어 망국이 되기 선에
하루가 급한 시국 지혜로 풀어야 해

귀를 기울여 봐요

가슴에 손을 얹고 모두가 돌아 봐요
나에겐 무엇이고 너에겐 무엇인가
다 함께 지구 사랑 원하고 있습니다
라일락 진한 향기 그윽한 자연 숲길
마음을 내려놓고 욕심만 비운다면
바라고 원하는 것 이루고 얻을 텐데
사악한 생각이란 우리 다 그만하고
아직은 때 늦지 않았음에 반성하며
자연을 사랑하고 고마움 간직하여
차분히 나누면서 사랑을 실천해요
카랑한 목소리로 힘차게 바라보며
타인을 이해하고 겸손을 다한다면
파탄은 멀리 가고 평화를 얻게 되리
하늘은 간절할 때 축복을 내린다

못다한 이야기

못 견딘 그리움도 세월에 묻혀가도
다정한 벗님들도 떠나는 갈림길에
한없이 귀한 시간 소중한 순간이여

이 만큼 살았음에 감사로 응답하며
야욕과 이기심은 버리고 비우면서
기골이 다할 때는 미소로 맞이하리

- 주먹 행시 매력 -

짧은 행으로
은방울 굴러가듯
글 쓰는 묘미

- 봄 -

꽃씨의 희망
망울의 전성시대
울 밑에 새싹

- 선량한 행실 -

좋은 사람은
은덕(隱德)의 복을 짓고
흙같이 수용

- 여름 -

뜨거운 햇살
거센 태풍과 해일
움돋이 고통

- 영광 -

찬란한 빛이
미소로 닦아올 때
가슴이 뛴다

- 하늘의 큰 별 -

성스러운 밤
탄생한 아기 예수
절절한 사랑

- 건강에 보약 -

봄 향기의 맛
나도 너도 먹어두자
물 오른 계절

- 계절의 향기 -

봄 꽃 전령사
매화 향 그윽하니
화들짝 미소

- 고운 물 -

단순한 자연
풍악 소리에 미소
철 익는 소리

- 우정 -

내 맘 닮은 자
친구는 울타리야
구수한 위로

- 주름만 보여 -

손거울 보면
거울 속에 내 얼굴
울 엄마 착각

- 여름 -

뜨거운 불볕
거목도 힘이 없어
움돋이 중단

장영자 183

- 출렁이는 바다 -

흰 파도 둥실
거품이 부스지면
품 안에 녹아

- 녹음방초 -

숲 속 작은 집
속 울음 울고 나면
길녘 진풍경

- 첫사랑 -

밝은 달빛이
은은하게 비출 때
달콤한 추억

- 아침 묵상 -

새벽 하늘에
벽두는 교감한다
별들과 함께

- 복 짓는 마음 -

웃는 얼굴에
음악이 손짓하면
꽃밭이 만발

- 가을 찬미 -

절묘한 풍경
정경 있는 자연 미
산장의 잔치

- 스트레스 -

죽도록 화남
치고 받지 못하고
다각도 생각

- 행복한 부부 -

오직 당신만
늘 큰 별 내 사랑아
도톰한 당신

2 0 2 1
HAPPY NEW YEAR

NOW WE'll MEET AN ANOTHER DAW**N**	지금 우리는 새 여명을 만난다
EVERYDAY WILL BE NOT JUST SAM**E**	매일이 꼭 같지는 않을 것이나
WONDERFUL SUNNY EAST WINDO**W**	햇살 머금은 멋진 동창을 보며
YEAR BY YEAR WE EXPECT NEW DA**Y**	해마다 우린 새 날을 기다리고
EVERY THIS TIME WE PRAY THE SAM**E**	매번 이맘때 같은 기도를 한다
ALWAYS WANT HEALTH AND UTOPI**A**	늘 건강과 유토피아를 빌지만
RED SUN MAY GIVE US THE ANSWE**R**	붉은 태양이 답을 줄 수도 있다

한국행시문학회 회장 / 010-6309-2050

도서출판 한행문학 대표

계간 한행문학 창간/발행인, 편집작가

경기대 대학원 석사과정 이수

5-7-5 주먹행시 창시자

저서 : 행시야 놀자 시리즈 1집 ~ 10집(2010-2020)

　　　자서전적 행시집(2018)

공저 : 약 70권(한국삼행시동호회 동인지, 행시사랑 10인10색 外)

"Love" – 사랑

Looking at until sunset
Old love with heart
Visit him as live
Every time miss him also today

해질 때까지
바랜 그리움 달고
라이브로 오실 임
기리는 하루

六峰 정동희
<행시야 놀자 시리즈 소개>
* 1집 : 시사행시집/2010
* 2집 : 야한행시집/2011
* 3집 : 고운행시집/2012
* 4집 : 가나다라행시집/2013
* 5집 : 주먹행시집/2014
* 6집 : 천자행시집/2015
* 7집 : 영어행시집/2016
* 8집 : 시조행시집/2017
* 자서전적 행시집/2018
* 9집 : 퍼즐행시집/2019
* 10집 : 이름행시집/2020

"Lord" - 하나님

2020.11.22

Lord helps us always
Only the life of prayer and praise
Really cross an obstacles to us
Day by day overcome even if problem

주께서 우리를 도우시니
기도와 찬양의 생활화로
도처에 장애를 뛰어넘고
문제가 있어도 극복한다

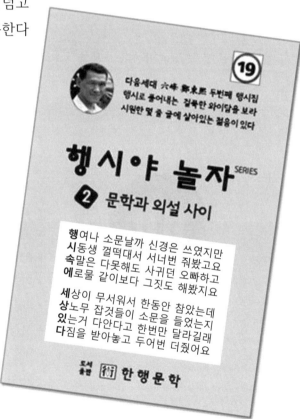

"Happy" - 행복

2019.04.15

How do you happy now?

Always I wish you a happy day

Phone call to me just a time

Please right away if possible

You can use the number 2050

행복한가요?

복된 하루 되시고

한번 통해요

가능하다면 지금

요 번호로요

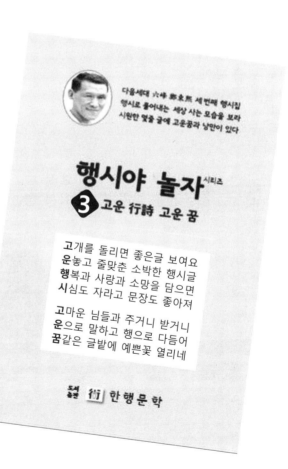

"Great" – 좋은, 훌륭한, 위대한 2020.09.28

Great endless skies
Really in my poor life
Eventually does bigger than it
At now fine and great season
Time after time I feel love

가없는 하늘
을밋한 내 삶에서
이 만큼 클까
곱디 고운 계절에
다솜 느낀다

사진   행시
천운 방무열   육봉 정동희

가   을   이   곱   다
없는 하늘   밋한 내 삶에서   만큼 클까   디 고운 계절에   솜 느낀다

"World" - 세상이 風塵 世上 2020.10.14

What the hell is going on now?

Of course it's great blow for a wind

Real mess it is anyway

Living in my life it's the first time

Day before I've never thought

- 코로나 19 -

이 뭐꼬 시방?

풍파치곤 엄청나

진짜 난리네

세상 살다 이런 일

상상 못했네

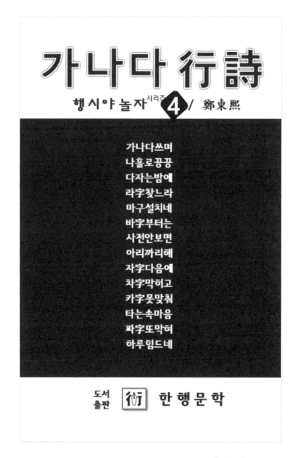

"Mother" - 어머니

Mother's say words..
Only go to church instead of money
Thou if don't know about that
However you must not doubt
Every prayer has power and
Really it's endless actually

어머니 말씀..
머니 보다 교회다
니가 모르면
의심하지 말아라
기도의 힘은
도무지 끝도 없다

정동희 주먹행시집 /행시야 놀자^{시리즈}⑤
주먹만한 글

- 주먹행시집 -

주먹덩이 글
먹 밴 야무진 글로
시집 냅니다

(2014/11/06/六峰 정동희)

한 행 문 학

"I'm on fire with line poem" - 行詩로 불태운다

2020.11.26

On fire with line poem now
Not tired with this actually

Finally I decided again what
I'm not go to sleep without it
Read sentences slow down
Every night I'll burn the fire

- 편집 작가 -

꺼지지 않고
지치지도 않는다
지금 또 결심

않고는 안 자리라
는적대면서

불꽃을 태우리라

"May it be" – 되게 하소서

Maybe straight courage
Actually it with high will
You know I've begun

It's clear bright path
The ruby color brilliance

Brightly the path to wish
Eventually I'm rushing

반듯한 용기
드높은 기상으로
시작했노라

이 길은 분명 밝은
루비 빛 광채
소망 빛내 줄 그길
서둘러 간다

"Radioactivity Olympic" - 방사능 올림픽

2019.08.05

방심한다면	**O**f course if you without carefully
사정 없이 맞는다	**L**ots of radioactivity attact to you
능력껏 막자	**Y**ou must prevent by your avility
경계 않고 먹으면	**M**ay you eat that without any guard
연한 농도도	**P**erhaps even if very low level one
대단히 위험해서	**I**t is very dangerous and then
회까닥 사망	**C**ause death easily to somebody

¤ 예비역 육군대령 鄭東熙(화학장교)
¤ 국군화생방방어연구소 핵물리장교, 방사능실험실장 역임
¤ 한국원자력연구소 방사능장애방어과정20주 이수
¤ 방사능동위원소(Radio Isotope) 취급면허획득
¤ 육군장교영어반 20주 과정 수료
¤ 한미연합야전사(의정부) 화생방보좌관 역임
¤ 한미연합사령부(용산) 화학과장 역임

"Marlboro" - 양담배 말보로 2020.08.28

Man of one day means one year

Always miss you actually

Remember only just one woman

Love as quiet anyway

Because of I like you

Of course I love you

Romance is more needed to us

Over went far away

"**M**an **A**lways **R**emember **L**ove **B**ecause **O**f **R**omance **O**ver"

"남자는 흘러간 로맨스 때문에 사랑을 기억한다"

하루가 일년

늘 보고 싶은 그대

같은 여인 떠올려

은은한 사랑

내가 좋아서

사랑한 내 연인아

랑만도 못 나누고

아주 갔구나

"September" - 9월

She came here from hell
Eventually come around by cross wall
Perhaps she like a thief
Time to masking now
Every time I feel sick of it
Maybe the day so far go back
By the soothe and keep rules
Even though spending time by the way
Really no choice to other way

구천을 돌아
월담해서 찾아온
도적 같은 놈

지금 마스크
나부터 지겹지만
갈 날은 멀다

달래가면서
이럭저럭 보낸다
다른 수 없다

5-7-5 字 주먹 行詩를 곁들인

영어 행시

단어 공부에 일조
영작 실력 도우미

Jung, Dong-Hee

짧은 문장 위주로
영어 회화 도우미

도서출판 한행문학

nglish

＊ 행시야 놀자 시리즈 제7집 ＊

"개천절의 자존감"

2020.10.03

우레와 같은 함성   Only loud shout like thunder
연이어 열린 하늘   Well opened sky again
히트친 단군 왕국   National king of Dangun did hit

정으로 뭉친 백성   In heart people united
든든한 자유 민주   Now solid free democracy

사회 발전 일구고   Of course raise social development
람실대는 강과 들   Usually full river and field
아름다운 내 나라   Real beautiful my country

행시야 놀자 시리즈 #8
시조 行詩
SI JO
HAENG-SI
By Jung, Dong-Hee

3 - 4 - 3 - 4
3 - 4 - 3 - 4
③ - 5 - 4 - 3

한국행시문학회
도서출판한행문학

"Hard to say" – 쉽게 말 못해요 2020.11.21

However the talk "I'm sorry"
Actually I can't stop to say it, but
Really I can't say to you
Directly say that I love you

The story that can't be told
Of course I can't tell you quietly

So I'm stupid as you know
Always I can't explain it all
You know I feel so frustrated

미안하단 말
안 할 수도 없지만
하진 못해요
단지 사랑합니다

말 못할 사연
은근히 못 밝혀도

못난이라서
해명도 다 못하고
요렇게 속만

정동희 199

"Summer wine" - 썸머 와인

2017.08.01

She came to see me
Unusual something as pale condition
Maybe she got a hurt till now
Missed gallant at all
Even that guy who throw out her
Refused talk to me about who is he

Want to make clear and then
I trying take to him a hot compress but
Nobody is here do that to her
Everyone don't know also exactly

그녀가 왔다
해쓱한 모습

여태 입은 상처로
름름함 다 잃었다

내친 그 놈을
내색 않지만

찜찜함 밝혀
찜통에 넣고픈데
했다는 놈이 없다
다 모른단다

My summer wine is really made from all these things
나의 여름 와인은 정녕 이 모두로 부터 만들어 집니다

"Corona blue" – 코로나 불안(우울)증 2020.10.31

Corona situation is on going
Often I walk on the road and
Raise or walking a local hill
Only live a roman nowadays
New relationship of human is
At once wrong it break down

Business call comes in I'll go
Literary society if there's I'll go
Usually I can't eat without it
Every time eat all the food well

코로나에도
로드 워킹과
나 홀로 산행하고
로망 다지며 산다

인간 관계는
한번 가면 끝
불러주면 나가고
안 불러도 나간다

없어 못 먹지
다 잘 먹는다

Wear a mask when you go outside
마스크를 꼭 착용해 주세요!

실내에서 行詩 작성하실 때는 착용 안 해도 됩니다

"Today's pain" - 오늘의 고통   2017.03.28

오지 않는 님
늘 기다린다

고별 후유증
통증이 도질 때면
은연중 섧다

내일을 향한
일구월심 크지만
의심도 든다

향불 피우고
기원 정성 들이면
다시 볼까나?

Terrible lover who no return

Of course I'm waiting all the time

Disperse of injury

At the extreme of pains

Yeah, I feel sad behind the scenes

Stare at tomorrow

Perhaps the lapse of time is big but

At times I have a doubt

If I wuold be burning incence

Next I would be praying true heart

See him again?

행시야놀자 시리즈 **9**

퍼즐행시집

六峰 정동희

퍼즐행시집나왔어요
어떤게퍼즐행시인지
이런걸알아보시고요
어떤게답인지몰라도
기어이해보면알고요
진짜로어렵긴하지요
해보면다아는거지만
절대로쉽지않은거라
어떨때는쭉헤매다가
잘될때는요렇게돼요
재미있게읽어보세요

한국행시문학회
도서출판한행문학

"Winter Season" – 겨울철

2020.12.20

올망졸망한	What a pretty mood
겨자씨 만한 믿음	It's a belief as a mustard seed
울먹거린다	Now ready to move
맞춤 인생에	There is own particular life
아직 이루지 못한	Each couldn't achieve goals yet
서먹서먹함	Remained some feelings
일탈 꿈꾸며	Still I've dream to do what
한번 내친 발걸음	Early started my step once
번쩍 쳐든다	Aloft hold up straight
내일 또 내일	So tomorrow and tomorrow
볼일 많지 않지만	Of course not much things to do
까치부른다	Nowadays I calling nice <u>magpie</u>

"Because of fall" - 가을 때문에

가을이 간다   **B**eside autumn is passing
을씨년스러워도   **E**ven though whatever dreary nowadays
이런 때에는   **C**ommon sense of these days

고독 씹으며   **A**lways enjoy solutude
독방 늙은이 되어   **U**sually become a lonely old man alone
하루 왼 종일   **S**o all day long
게으름 부려본다   **E**very day I'm lazy

만추라지만   **O**n late autumn
든든한 행시 있어   **F**inally I've a strong line poem

때묻지 않은   **F**ew fellow as clean
문우들 교감하며   **A**ll the time keep company with writers
일단 영어행시나   **L**earn English right away
까뒤집을까 ?   **L**et's try hard now?

"Korean language" - 한글   2020.10.09

한글을 알고	**K**now the Korean language and then
글로 행시를 쓴다	**O**nly I'm write line poem with English
날로 기쁘다	**R**eally I'm happy day by day
	Each letters are own language so
우리 글이라	**A**mazing pride makes me excited
리얼한 자긍심에	**N**ow these articles pretty shine
글이 빛난다	
	Language meaning is happiness
행복의 의미	**A**lways achieve it anyway
시인이 일궈내고	**N**oble work get recognized
인정 받으며	**G**enerally leading it quietly
은근히 앞장 선다	**U**sually live with line poems
	All the time day and day
행시에 묻혀 사는	**G**ood as much as great
복된 나날이	**E**very time is all beautiful
하늘 만큼 땅 만큼	
다 아름답다	

봄 들판 이야기

자연이 좋아 들판이 좋아 길을 나선다
연분홍 꽃 길 푸른 마음 활짝 열고서
과꽃 피는 향기 따라 발걸음 가벼워라

더 할 수 없는 행복감 나는야 즐겁고
불타는 사랑으로 내 마음 진정 너에게
어여뻐라 너 풀잎 이슬 싱그러운 자태

草綠 조용희

중앙대 산업창업경영대학원 졸업
여성의류사업 행복코디 운영(30년)
한행문학 신인행시문학상 / 시인 등단(2019)
제4회 전국행시백일장 최우수작품상 수상(2019)

가득 담아 와

가을아 나의 서러움 모두 가져 가거라
을밋한 가슴에 그리운 사랑만 남겨놓고
의지해 함께 했던 애틋한 사연들

시간 속 파노라마 물결치듯 여울져

단아 했던 삶 꺼내어서 나래 펼쳐본다
풍경들 울긋불긋 곱게곱게 물들면
잎새 모아 한 가득 가을 담아 오련다

먹먹한 슬픔

그리워요 그리워서
대답 없는 당신 자리

보고 싶고 보고 싶어
내 가슴은 시려오네
고요한 밤 허허로움

나 외로워 서성이며
서러움에 떨고 있네

즐거운 삶

인생길 세월 따라 유수처럼 흐른다
생생했던 청춘의 봄날 멀리 달아나고
길 위 꽃처럼 피였던 향기 이제는 없네

새로운 건강한 세상으로 나갈 기회 열고
로스탈져 슬픔 이제 떠나 보내자
운명의 경쾌한 오케스트라 연주하며

삶 당신의 계절 힘차게 기뻐하며 누리자

코로나 시대

모두 어려운 현실 인내하며 살아내고 있다
두려움과 조심스러운 안타까움 함께 느끼며

힘 내자! 자신감 행복 찾아 나가자
내면의 잠자는 열정을 깨워라 의기소침 던져라
서로 이기심 버리고 배려하는 감동의 삶 만들자

아파하는 부분도 슬퍼하는 마음도 함께 나누며
자! 일어서자 희망으로 빛나는 태양처럼

삶은 희망이다

삶은 무궁 무진한 예술이지
은구슬도 금구슬도 내가 만들어 가

희망을 꿈꾸며 푸른 창공을 날아봐
망망대해 드넓은 바다 위를 날아 봐
이런들 저런들 어떠하리 해낼 수 있어
다 함께 더불어 확신 가져 봐 멋진 미래

코로나와 가을

아~ 파란 하늘 파란 뭉게구름

가질 수 없는 너 슬픈 현실
을밋한 마음 자락 공허로움 밀려와
인생길 잊혀진 세월 나를 감싸고
가득한 그리움 삶의 고뇌의 흔적들

봐요! 질곡의 날들 끝납니다 힘내요!

모두 행복해지길

하루씩 하루씩 멀어져 가는 나의 유년
모든 추억들이 이제 아득하기만 해
니가 있어 행복했고 푸근했던 시절
카랑한 너의 목소리 지금도 부르는 듯

연습 없는 삶의 여정 껴안고 가야 하는 길
주변의 많은 일들 모든 마음에 평화 머물길

가을 서정을 담아

가을 코스모스 사랑 노래해
을러메고 더 가까이 곁에 다다르고
로스탈져 물들어가는 고운 느낌들

가을의 서정 마차 가득 실어 온다
는적이는 아픔 보내고 신선한 기운 받아

마음 정화시켜 어여쁜 가을 세계로 소풍 가자
차 한잔 함께, 가을 품에 안겨 행복 물들여

밤의 길목에서

시월은 왕성한 푸르름 정리하는 듯
월색 찬연함 왜 이리 허전하고 서글픈가
의지해 동고동락 했던 많은 날 생각나고

마음 둘 곳 없어 몇 날을 서성이고 있다
지금 모든 것이 정지된 듯 마음 비워져
막차를 불안한 맘으로 기다리고 있다

밤의 길목에서 지나온 미련들 속삭임이

낭만과 추억

내 마음 오늘도 설렘 꿈꾸며 기다려

고요함 바쁜 중에도 희망의 나래 펴며
장점은 늘려주고 단점은 덜어내며

칠월의 햇살 아래 녹색 생명 무성하고
월님은 쉼도 없이 지나고 또 돌아오고
은빛 물결 살랑이는 바다의 낭만 그 추억

녹색의 싱그러움

청정한 하늘 빛 파란 마음 내려 받고서
포도알 향기 품어 탱글탱글 익어가고
도처의 푸른 물결 무성함 피어 오른다

익숙한 일상들 나에게 잘 맞는 옷일까
어느듯 건강한 젊음, 조금씩 멀어져 가고
가자 황금 같은 새 날의 시간에 전념하리
는적한 오후 문득 청춘의 봄 날 상념에 젖어

계절은 순환하며 같은 자리 다시 돌아 오고
절절한 나의 푸른 꿈 아직 끝나지 않았다

아름다운 오월

꽃을 보면 마음 아름다움이

속삭이듯 입가에 미소 번져
의미 있는 행복의 조각들

꿀 따는 나비처럼 조화로움
벌들 부지런함 진주보다 귀해
은은한 꽃 향기 푸르른 초록

가거라 코로나

유유히 흐르는 시간 속 변화 무쌍한 시절
월색 고요한 창가 세상사 들여다 본다
을씨년스런 상황이 속히 지나가기를

편안하고 활기찬 날 다시 올 수 있을까
지나가거라 불확실한 고뇌의 날들이여
로망을 절실한 마음으로 끌어당겨 본다

쓰러지지 마 반짝이는 즐거운 날 올 거야
다 함께 에너지 모아서 힘차게 일어서자

고단한 삶 나누며

네 마음 열고 내 곁에 있어 줘서 고마워

손 잡고 험한 세상 함께여서 고마워
을밋한 기분일 때 위로해 줘서 고마워

잡은 끈 놓지 말고 서로 에너지 공급하며
고단한 삶 나누며 서로에게 위로가 되자

삶의 의미를 찾아서

가버린 내 추억들 사랑하고 미워하며
함께 조각할 수 있었기에

끔찍이 행복했고 뿌듯했던 그날은
새로운 생명이 가족이 되던 날

은근히 기대했던 대학 합격의 날
그 동안 노고가 다 녹아 내린 듯 기쁜 날이었지

울고 웃으며 슬픔과 기쁨과
괴로운 삶을 함께 나누며

기한이 한정된 끝이 보이는 인생길
소중한 삶의 시간들은 너무나 짧다

도란 도란 더불어 살아가는 내 이웃이 없다면
내 인생은 무슨 의미가 있을까

하고싶고 가고싶고 만나고 싶은 내 이웃들과
이제는 돌아보며 살아가자

고단한 삶 지친 마음에 활력을 주며
내 사랑하는 분들과 즐거운 삶 만들어가자

인생길 요원한데

시절이 전무후무한 천태만상이다
인간들 곳곳에서 거짓 되고 악해짐도
은인자중 하면서도 좋은 세상 희망해

누구나 할 것 없이 자기 주장 강한 세상
구름처럼 흘러가며 사랑하며 살았으면
인생길 요원하고 끝이 저기 보이는데
가슴속 애절한 시상으로 더불어 함께 가자

순수의 화음이

봉우리 오르니 반갑게 다가오는 행복감
숭고한 대자연 순수의 화음을 노래하네
아~ 아름다운 이 세상 참으로 감사해라

꽃처럼 화려하고 정다운 세상 그려 봐

물 흐르듯 건강한 마음 함께 나누자
들도 산도 책임 다하며 사람을 위하는데
일탈하여 인간은 왜 저리도 악해지는가

때에 맞는 말 한마디 삶 풍요롭게 한다

행복 빗장을 열고

초여름 태양 뜨겁게 대지를 달군다
록색 싱그러움 산들 푸르게 물들이고
바람 살랑이는 오후 행복한 꽃을 피워 봐
람바다 춤을 추며 잠시라도 현실 잊어요

스치고 지나가는 좋은 날의 회상 떠올라
미래의 희망을 실어 나르는 꿈 향기 되어
는적이는 여유로운 맘 오늘의 삶에 감사해

날마다 마음의 행복 빗장을 활짝 열고
에둘러 어두움 내려놓고 밝은 미래 향해 가자

은인 자중

아무 것도 지나친 말은 함부로 하지 말자
직시하며 최선을 다해 어려움 이겨내
도무지 헤아릴 수 없는 현실이 아프다

채워지지 않는 허전함 공허의 날들
워낙 참담하게 전개되는 세계의 무질서
지나치게 비협조적인 개념 없는 사람들
지켜보며 정상의 날들을 고대하는 현실

싫다고 반항하고픈 믿기지 않는 사실
은인자중 책임을 다하는 최선의 삶을..

영광스런 그날

아직 그날을 기다려 희망 행복 꿈꾸며
카리스마 뜨거운 열정 미래 향해 달려와
시간 속에서 영혼을 다해 불태운 세월
아~ 이제 노력의 결실 목적지 다다르고

꽃처럼 아름답게 빛나 날아 오를 거야

필요해 더불어 모든 이를 위해 정진해

때맞춰 어려운 요즘 영광스런 선물을!

언어는 마법이다

내 인생은 오직 자신만이 만들어간다

말 한마디는 인생을 위대하게 바꾼다
좀 잘할 걸 참을 걸 배려할 걸 사랑할 걸

들리는 언어는 마법의 힘이 있다
어떤 사람은 끈을 잡고 새 사람이 된다
보석 같은 말 한마디는 삶의 활력소다
소소한 일상의 행복한 에너지다

너와 함께

그대 가는 길에는 펄떡이는 꿈이 있죠
대단한 열정으로 미래를 설계하면서

고운 미소로 서로의 마음 보듬고 가자
은은한 마음의 따뜻한 평화를 나누며
꽃씨 뿌리며 아름다운 정원 가꾸면서

되어질 수 있다고 미래의 꿈 꼭 잡고서
고요함 속 삶을 살피며 자연의 순리 따라
파란 하늘 도화지에 내 마음 색칠해 본다

희망을 꿈꾸며

하늘과 별 지구 한 자리 점 하나 작은 나
늘 새로운 날에 감사하며 또 하루 시작한다

끝이 어디인지 소중한 시간을 또 살아가며

저만치 불빛 희망을 손짓하는 너의 길 따라간다

노을처럼 아름다운 미래의 삶 그려보면서
을러대는 일상들 반복되는 고달픈 삶이지만
은빛 물결 희망을 꿈꾸며 열정으로 미래를 향한다

삶과 죽음

내님은 멀리 멀리 떠나시고

못 잊어, 함께한 소중했던 시간들
다정하고 따뜻했던 내님의 사랑
한없이 밀려오는 그리운 흔적들

이제는 기쁨도 슬픔도 전할 곳 없네
야심한 가을 밤 애잔함에 서러워라
기약도 없고 대답 없는 님이시여!

심취(心醉)

그새 한 해 끝자락이네
대단한 각오로 충천했었는데

보람도 있고 힘들기도 했지만
내실 있게 다져진 시심(詩心)은
고교시절 이후 가장 풍요로웠다

나름 도타이 성장하는 보랏빛 마음
서가의 보물, 책 보며 을야를 잊는다

我恩 최명숙

한행문학 신인행시문학상 / 시인 등단(2018)
한국시원 시 부문 신인상 수상(2018)
2018 대한민국 주먹행시전 금상 수상
現. 장애인활동보조사

<<行詩>>

상실(喪失)

그립다 해도
대성 통곡 한대도

보고픈 마음
내 설움이 가실까
고운님 보낸

나 홀로 남은 세상
서글프구나

잃어버리다

참으로 어이없고 허탈하다

세상 어디에도 이젠 흔적 없네
월여 전 그토록 단단해 보이더니...

잘 해주지 못한 것만 생각나서
도무지 마음이 진정 되지 않아

간다는 말 한마디 못하고 홀연히 떠나
다시는 볼 수 없으니 애달프다

가을 가을은

아련히 불어오는 솔바람 따라

가만히 찾아와 스미는 감미로움
을모진 구석 구석 부서지는
인영(人影) 젖버듬히 비치고
가장 아름다운 은고(恩顧)의 계절

봐하니 최고의 축복 아닌가

코로나19 아랑곳없이

시원한 바람 간간이 불어오는 한낮
인적 드문 오솔길 참나리꽃 화사하네
은빛 날개 고추잠자리 선회 하고

누리에 금빛 햇살 뿌리며 익어가는 여름
구경 속 좋은 휴가철 한창 무르익어
인파 연연(連延)해 있는 도로 마다
가없는 행렬 속에 계절이 깊어 간다

우울한 여름 끝자락

하늘과 구름 온통 구겨지고 찢겨져
모람모람 소나기 쏟아지는 오후
니힐리즘에 사로잡힌 포로가 된다
카랑카랑한 낮, 언제 제대로 볼 수 있을까

연일 퍼붓는 빗줄기 시름이 깊어진다
주체할 수 없이 확산되는 코로나도 그래...

열대야

숨바꼭질 하는 구름 뒤에 달님이
비죽이 솟은 산봉우리에 자맥질하고
소금쟁이 으스름 달밤 저 혼자 춤추는데
리본으로 사뿟이 쌍고 내어 묶은 갈래머리

해읍스레한 기억의 저편에서 배시시 웃으며
조용히 그리고 오래도록 가슴을 앓던
음전한 소녀의 첫사랑 같이 들뜬 밤이여

대숲에 이는 바람

하릴없이 뜰에 나와 산뜻한 조각달 마주하니
늘어선 댓잎 사라락 사라락 속삭임 들려오네
에메랄드빛 담녹색 이파리 하느작 하느작

별 밤을 에워싸니 맑은 향기 뜰 안에 그윽하고
들락날락 구름에 숨어 엿보는 초사흘 달 맵씨
은근하고 아늑한 님의 품속 같아라

반나절 거리에 두고 서로 애틋하여 그리운 님
짝 잃은 기러기 마냥 시린 바람소리 듣는 밤이면
이강주 한 모금에 알싸하게 마비되는 추억들이
고적한 달빛에 녹아 대숲을 맴도는구나

복중 더위

햇무리 희붐진 일기 무더워라
살가운 바람 이따금 불어와 달래주지만

닮은 꽃덮이 백합향도 탐탁치 않고
은근히 짜증나고 나른한 오후

그 어디보다 시원한 계곡이 딱이야
대전 근교 동학사 골짜기로
여름 사냥하러 갈까 친구야

겨울 밤

함초롬히 줄지어선 나목 사이로
박무 드리워 음산한 기운 감돌고
눈서리 꽃 구름처럼 피어 살풋 나려 앉는데

쌓이는 노독을 풀어내는 기인 밤
인연의 실마리 풀어내던 그 많은 시간들
밤마다 박속 같은 하얀 모습 꿈꾸었다오

추억

봉숭아 꽃 따서 장독 옆에 옹기종기 모여
숭숭 잎사귀 함께 뜯어 넣고 짓찌어
아련한 어린 시절 추억을 물들여 본다

꽃물 든 손톱엔 엄마의 미소가 스몄지
물끄러미 주름진 손을 보니 가슴이 아려온다

향수(鄕愁)

먼 빛에 더욱 푸르른 대청호
산 빛을 머금어 연초록 물빛 이구나
바라볼수록 옥 빛 물결에 미혹하여
라온에 스미어 삼백예순 날 내내
기다리는 사랑옵던 님의 품속 같아라

그리움

모깃불 화르르 연기 피어 오르고
내돋치는 둥근 달 가슴에 파고든다
기왓고랑 따라 흘러내리던 달빛도

새벽녘 이울고 뭇 별 빛 흐려지는데
참 아름답던 날 도대체 언제였던가

구름

새털구름 멋지게 하늘 가득 수놓아서
아름답게 꽃밭 꾸미고 벌 나비 모아
침재 한껏 뽐낸 조물주의 빼어난 솜씨여

시골 밥상

상상만으로도 군침이 도는걸
추억 속에 아련한 외할머니 손맛
쌈장 보다 노란 된장을 꾹 찍어

풋고추에 찬물 말아 먹던 보리밥
배고플 땐 시장이 반찬 이라지만
추억 속에 각인된 그 맛은 잊을 수 없어

閑暇自足(한가자족)

한낮 호반 누각의 맑은 경치를 바라보니
산 그림자가 잔잔한 호수에 비쳐 든다
도시의 다번을 벗어나 찌든 마음 씻어내니

거칠고 삿 된 기운 물결처럼 흐르는구나
북창삼우 벗삼아 세속을 두려움 없이 본다면
선선히 호수의 푸른 빛으로도 충분 하여라

* 한가자족 : 여가를 스스로 족하게 여기다

至樂(지락)

그윽한 계곡 흐르는 물 소리 싱그럽고
물보라 치는 골짜기엔 채운이 가득 하구나
망울망울 연두 빛 떡갈나무 잎 순 터뜨려

거풋거풋 몸부림에 까르르 바람이 웃고
미풍에 예쁜 꽃들 맑은 향기 뿜내니
줄 풍류에 한가롭게 사계절 독차지하고 살고파라

知足(지족)

비단 옷 겉치레 나에게 무슨 소용 인가
너슬 너슬 분수 따라 사는 삶도 아름다운데
스스럼이 없으니 어찌 근심이 찾아오랴

태공에 떠오르는 달 동무됨을 유유히 맞고
백옥에 누웠으니 풍진이 생기지 않아
성근 별 바라보면 마음 편한데 술은 또 왜

춘정(春情)

태고연한 계절 꽃 피고 연두 빛 고운데
백옥반 구름 사이로 먼 하늘을 밝히고
성야에 수줍은 배꽃 향기를 더 하는구나

비 온 뒤 나뭇잎 더욱 푸르르게 속삭이고
너스레 놓던 꽃샘 슬며시 달아나니
스미는 그리움은 어찌해야 쫓을 수 있을까

심회(深懷)

꽃 비 내린 뜰 안에 바람이 휘돌아 가니
등롱 빛에 달 그림자 심히 흔들리누나
에우는 봄날 흥취는 옛날 그대로 인데

범우를 품어 영원한 교유를 꿈꾸었으나
나비질 하듯 날아간 깃털 같은 마음
비감을 삭이며 생각하니 세상사 무심하구나

여름날

당초무늬 길게 드리워 머루넝쿨 그려 넣으니
신록 짙푸른 떡갈나무 숲 청설모 신이 났네

없어져가는 도토리 풍성히 그려 넣은 까닭이나
이초 방초 사이에 산도라지 꽃 청초하고

난만한 기화요초 향그러운 탓 이리라

못비에 흠뻑 젖은 장미 울 안에 만발하고

살랑살랑 꽃 향기 뜨락에 가득하구나
아찔한 햇살이 온천지 달구며 숙성하듯

아쉬운 날들

아지랑이 자오록한 골짜기에
직박구리 날개 털며 날아오르고
도홍 색 복숭아꽃 화사하구나

채홍 드리운 석양 더할 나위 없이 고와
워즈워드, 콜리지의 우정을 이름하고 싶다
지천에 피어있는 들꽃이 아름다운 만큼
지상의 축제 한껏 화사한 계절

않는다 싶지만 결국 스치듯 지나는
은근하고 짧디 짧은 봄날은 간다

강변에 서서

유성(流星)이 흐르는 강둑에 서면
월색 반짝이는 은파만경 참으로 교교하여
을야에 잠 못 이루는 까닭이나

편월 이지러지는 그믐께 아쉬움에 비하면
지독한 외로움 휘감아 설움을 토해내고
로미오 줄리엣의 명대사를 되뇌어본다

쓰담쓰담 토닥토닥 모래강변에서 두꺼비 집 짓던
다정한 벗 또한 저 별을 헤고 있겠지

<<自由詩>>

허수아비

가을 들녘 지킴이 외롭지만
도시의 번화한 불빛 부럽지 않아

맘껏 팔 벌려 하늘 품고
누더기 걸쳤어도 눈치 볼 일 없으니
욕심내지 않아도 넉넉하고 뿌듯하다

아무도 알아주지 않으면 어때
참새 희롱해도 황금 들녘 아우르며
맑은 공기 뭉게구름 흐르는 물
실컷 소유한 부자 아닌가

오늘도
한곳에 서서 욕심 없이 웃을 뿐

최명숙 249

향수

대청호 심연에 잠든 고향집
옥답,삼밭, 너른 들녘이 어딘지
기연가미연가 빈정 마루도 잠들었다

뿌연 기억의 편린들이
한 순간 수장되어 다시 볼 수 없으니
국가 시책이라도 실향이란 그저
삶의 터전 앗긴 악몽이리라

시무굿 올리며 조상님께 죄스런 맘
망덕(望德)에 간절했을 심정 이었으리
"우린 망했다 조상님이 물려준 터전
물속에 버리고 나 살자고 내뺐으니"
긴 목 빼고 설움 삭여내던 할머니

찰랑찰랑 물결은 애달픈 망향가
잔잔히 넘실대는 호수 깊은 곳엔
여전히 사무치는 절망이 잠겨있다

아침

호숫가에 부딪치는
잔물결 올랑촐랑

안개 드리운 산책로엔
뿌윰한 햇살이

수줍은 듯 얼굴 내밀어
침묵 깨고 묵중하던 세상에

이우는 달빛 밀치고
기지개를 켠다

겨울 밤

함초롬히 줄지어선
나목 사이로
박무 드리워
음산한 기운 감돌고

눈서리 꽃 구름처럼 피어
살풋 나려 앉는데
쌓이는 노독
풀어내는 기인 밤

인연의 실마리 풀어내던
그 많은 시간들
밤마다 박속 같은
하얀 모습 꿈꾸었다오

건들 팔월

구슬픈 바람결
애연(哀然)한 풀벌레 소리
달빛 그윽한 수풀에
호젓하게 짖어 든다

매료 넘치는 계절이건만
안전을 위해선
생활 방역 수칙하며
모꼬지 훈훈한 정
만남도 삼가야 한다

한가위 둥근 달도
마음속 깊이 담아 두고
어서 세속으로 어우러지길
간절히 소망한다

평이했던 나날,
그토록 비범했을 줄이야

가을 형향(馨香)

계곡으로 부는 소슬바람
절기에 맞게 찬 기운 스미어
추색(秋色) 완연하다

두루두루 햇볕에 숙성된 계절
다번하던 태풍 마저 잦아드니
뜨락에 드는 달빛 하 고와라
애절한 마음 어찌 알았을까
은근스레 다가와 어루만져
두고두고 애타던 속내 달래주며
뭉게구름에 두둥실 실려가네

헤어짐을 준비하고
마침내 떨쳐버릴 그 순간 보다
그윽이 마음 설레게 하는
아찔한 낭만은 이 뿐인가 싶다

상처

나즉히 출렁이던 호수는 설레임 같았다
는개비 내리는 대청호에 풀어 놓은 이야기들은
오래 가슴에 남아 머리 속을 어지럽히고

늘 그렇듯 과욕은 깨지기 쉽고 오해를 낳는다
시답지 않는 작은 말에 날이 서고
몬순 저기압처럼 가슴 시린 아픔이 되어

이루지도 못할 꿈으로 들떴었던 짧은 가을이
된서리 맞아 마른풀 서꾸이 듯
다시금 굳어진 옹이처럼 맺혀졌구나

한행문학 공동문집

行詩와 自由시의 만남

2021년 1월 31일 발행

공동 저자 고영도 고천운 김정한 반종숙 배기우
            이경희 장영자 정동희 조용희 최명숙

발   행   도서출판 한행문학
발 행 인   정 동 희
등   록   관악바 00017 (2010.5.25)
주   소   서울시 중구 을지로 18길 12
전   화   02-730-7673 / 010-6309-2050
홈페이지   www.hangsee.com
카   페   http://cafe.daum.net/3LinePoem
이 메 일   daumsaedai@hanmail.net

정   가   10,000원
I S B N   978-89-97952-39-7 (03810)

공급처 ┃ 가나북스 www.gnbooks.co.kr
전   화 ┃ 031-959-8833(代)
팩   스 ┃ 031-959-8834